BASTEI LÜBBE

FLORIAN UND DIE GEISTERWELT im Taschenbuchprogramm:

76 100 Das Geheimnis der Geisterreiter
76 101 Das Geheimnis der mechanischen Kinder
76 102 Das Geheimnis der steinernen Teufel
76 103 Das Geheimnis der Katzenmenschen
76 104 Das Geheimnis der verdunkelten Sonne
76 105 Das Geheimnis der sprechenden Delphine
76 106 Das Geheimnis der fliegenden Schattenwesen
76 107 Das Geheimnis der strahlenden Monster
76 108 Das Geheimnis der Schwarzen Göttin

FLORIAN
UND DIE GEISTERWELT

PETER HORN

Das Geheimnis des Eislabyrinths

Mit Illustrationen
von Daniel Torres

BASTEI LÜBBE

BASTEI-LÜBBE-TASCHENBUCH
Band 76 109

Erste Auflage: November 1997

Lektorat: Katharina Woicke
Titelbild: Vicente Ballestar/Norma Agency, Barcelona
Innenillustrationen: Daniel Torres/Norma Agency, Barcelona
Umschlaggestaltung: Quadro Grafik, Bensberg
Satz: KCS GmbH, Buchholz/Hamburg
Druck und Verarbeitung: Brodard & Taupin,
La Flèche, Frankreich
Printed in France

ISBN 3-404-76109-9

Der Preis dieses Bandes versteht sich einschließlich der
gesetzlichen Mehrwertsteuer.

Inhalt

Schwimmen mit Delphinen

Immer, wenn er tief Luft holte und tauchte, konnte Florian deutlich beobachten, wie die Delphine ihre Babys säugten. Zu diesem Zweck schwamm das Kleine dicht hinter seiner Mutter her, hielt sich dabei ein wenig unter ihr. Es nuckelte aber nicht etwa an Zitzen, wie es Florian schon in Naturfilmen über die verschiedensten Landsäugetiere gesehen hatte. Alles, was das Delphinbaby tun mußte, war, sich in der richtigen Position zu halten. Dann spritzte ihm die Milch direkt ins geöffnete Maul. Praktisch, dachte Florian, so brauchen sie zum Futtern keine Pause zu machen.

Der Junge war mitten unter seinen Freunden, den Delphinen. Er schwamm mit ihnen, er tollte mit ihnen im warmen Wasser herum. Und wenn er sich an der Rückenflosse eines der grauen Tiere festhielt, zog ihn dieses pfeilschnell aufs offene Meer hinaus. Es pflügte durch die aufspritzenden Wellen und schnatterte dabei vor Freude. Dann beschrieb es einen weiten Bogen und brachte Florian sicher ins Hafenbecken der Stadt des Lichts zurück. Der Junge genoß das; er wußte, daß er bei seinen Freunden keine Angst zu haben brauchte.

Und nie und nimmer wäre er auf die Idee gekommen, daß er schon bald in einer Wüste aus Eis und Schnee ums nackte Überleben kämpfen würde.

Die Delphine behandelten Florian wie einen der Ihren. So war es dem Jungen auch möglich, den klugen Meeressäugern genau dabei zuzuschauen, wie sie das Leben innerhalb ihrer Gruppe organisiert hatten. Und er erkannte, daß die Sorge um die Kleinen dabei eindeutig im Vordergrund stand.

Stimmt genau, schickte ihm einer seiner Freunde eine telepathische Botschaft. *Sie sind das wichtigste für uns!*

Alle Delphine im Geistermeer besaßen die Gabe, auf dem Weg der Gedankenübertragung mit anderen Lebewesen in Verbindung treten zu können. Das Tier, das mit Florian auf diese Weise ›gesprochen‹ hatte, kam nun direkt auf den Jungen zu. Florian ließ seine Hand vorsichtig über die Oberseite des länglichen Kopfes gleiten. Rauh und doch auch anschmiegsam fühlte sich das an. Im nächsten Augenblick spürte er, wie sich der Delphin an seinem Rücken rieb, die spitze Schnauze kitzelte ihn in den Kniekehlen. Und mit einem kurzen Schlagen der Schwanzflossen war das intelligente Tier wieder bei seinen Artgenossen.

Es gab viele Gründe, weshalb Florian die Delphine so mochte. Zum einen schienen sie immer zu lächeln, sie wirkten stets ausgelassen und fröhlich. Zum anderen muteten die Bewegungen ihrer stromlinienförmigen Körper den Jungen so friedlich, so fließend und elegant an, als bereitete das Schwimmen den Tieren nicht die geringste Anstrengung.

Das Licht der Geistersonne spielte mit den Wellen knapp unter der Wasseroberfläche; es erzeugte ein Funkeln, ein glitzerndes Leuchten. Die Delphine zogen um Florian ihre Kreise, der Junge fühlte sich wie ein Mitglied ihrer Familie. Und es war, als segelten die Tiere dabei durch eine blaue, sonnendurchflutete Schwerelosigkeit. Florian kam sich wie ein Raumfah-

rer vor, der ein Universum der Leichtigkeit und Unbeschwertheit entdeckt hatte. Und er wurde von der Wärme der Wellen eingehüllt wie ein Neugeborenes von der Umarmung seiner Mutter.

Doch dann begann der Druck in Florians Brust unangenehm zu werden: Die Luft ging ihm allmählich aus. Der Junge konnte jetzt schon viel länger unter Wasser bleiben als noch drei Wochen zuvor. Damals war er in die Stadt des Lichts gekommen; mittlerweile war er ein so guter Schwimmer geworden, daß es nur einiger weniger Bewegungen bedurfte, und er stieg nach oben.

Prustend tauchte der Junge auf, und seine Lungen füllten sich wieder mit Luft. Er spürte das Salz des Meeres auf seinen Lippen. Das Sonnenlicht war so hell, daß er im ersten Moment die Augen zusammenkniff. Er fühlte sich herrlich und irgendwie in seinem Element. Er bedauerte nur, daß Philipp diesmal nicht mit in die Geisterwelt hatte kommen können. Seit Florians Abenteuer mit dem schrecklichen Seeungeheuer* waren ihm die Delphine so richtig ans Herz gewachsen. Er hätte seinen besten Freund wirklich gern mit ihnen bekannt gemacht.

Aber Philipp lag mit einem Gipsbein zu Hause. Er hatte sich beim Rollerskaten das linke Schienbein gebrochen, und das war so gekommen: Philipp hatte gemeinsam mit Florian dem dicken Robert ein paar Kunststücke auf den Skates beizubringen versucht. Robert ging mit ihnen in eine Klasse, und eigentlich nannten ihn alle wegen seiner rundlichen Figur nur Bobby the Robby. Aber eines Tages hatten Florian und Philipp mit angesehen, wie Roberts Vater, ein brutaler Kerl und Trinker, seinen Sohn schlug, und sie hatten herausgefunden, daß Robert in einem Heim lebte. Das hatten sie so unfair gefunden, daß sie beschlossen hat-

* Vgl. Band 76 105: ›Das Geheimnis der sprechenden Delphine‹

ten, den dicken Robert mitmachen zu lassen, wenn sie nach der Schule über die Häuser zogen.*

Eines Tages düsten sie wieder einmal in halsbrecherischem Tempo auf ihren Skates herum, und jeder von ihnen kam sich dabei wie das As der Asse vor. Da geschah es. Die Jungen trugen zu ihren Skaterhosen meist weite, offene Hemden über den T-Shirts: Die wehten dann so schön cool im Fahrtwind! Philipp war so knapp um eine Ecke gezischt, daß er mit dem Hemd an einem hervorstehenden Eisenhaken hängengeblieben war. Der Schwung hatte ihn völlig unvermutet nach hinten gerissen, er war mit voller Wucht auf dem Hintern gelandet. Und dabei war er mit dem linken Bein so unglücklich gegen die Mauer geknallt, daß er sich einen schlimmen und ziemlich komplizierten Bruch zugezogen hatte.

Philipp mußte operiert werden, und jetzt hatte er einen langen Nagel im Bein, der für das richtige Zusammenwachsen des Knochens sorgen sollte. Anfangs hatte er gar nicht aufstehen können. Als Florian ihn das letzte Mal besucht hatte, war er mit Hilfe von zwei Krücken aber schon wieder ziemlich flink zwischen seinem Computer und dem Fernseher hin und her gehumpelt. An einen Ausflug in die Geisterwelt war jedoch noch nicht zu denken gewesen.

»Grüß den Quassel von mir«, hatte Philipp mit einem säuerlichen Unterton gemeint, »und die Lisa. Und alle anderen auch.«

»Mach' ich«, hatte Florian geantwortet, »ganz sicher!« Und er hatte versucht, seinen Freund aufzumuntern: »Bald bist du ja wieder dabei!«

»Klar … Aber die ganze Zeit hier zu Hause rumzuhängen, das ist voll schnarchig! Komm nur bald wieder zurück!«

* Vgl. Band 76 168: ›Das Geheimnis der Schwarzen Göttin‹

Florian lachte. »Ich komm' dich schon morgen wieder besuchen«, sagte er. »Du weißt doch: Hier bei uns vergeht keine einzige Sekunde, während man einen Trip in die Geisterwelt macht.«

»Ach ja …«

»Und zumindest hab' ich dir dann viel zu erzählen!«

»Genau! Toll!« Dann runzelte Philipp die Stirn. »Aber gib acht auf dich!« fügte er hinzu. »Bei all den irren Sachen, die dort passieren! Vielleicht schaffst du's ein einziges Mal, dich *nicht* mit irgendwelchen Monstern anzulegen …!«

»Nein, nein!« Florian lachte. »Diesmal ist es anders. Im Geistermoor gibt's ja keine Gefahren mehr. Und ich werd' dort bleiben. Ich möchte Harald und Lisa im Wirtshaus besuchen. Nur ein paar Tage …«

»Aha!« sagte Philipp mit einem ziemlich zweideutigen Grinsen. »Also *das* steckt dahinter: die *Lisa* …!«

Bevor sein Freund sehen konnte, wie er knallrote Ohren bekam, hatte sich Florian rasch von Philipp verabschiedet. Philipp mußte ja nicht unbedingt wissen, wie nahe er mit seiner Vermutung der Wahrheit gekommen war …

So war der Junge allein in die Geisterwelt aufgebrochen. Und nur allzu rasch war ihm dabei klargeworden, daß das mit dem friedlichen Besuch nicht so ganz klappen würde.

Das hatte schon angefangen, als er durch das keltische Steinkreuz im Garten seiner Großeltern in die Geisterwelt gelangt war: Er hatte den Platz vor dem Durchgang zwischen den beiden Welten leer vorgefunden.

Kein Quassel, der an einen Baumstamm gelehnt eines seiner ausgedehnten Verdauungsschläfchen hielt und schnarchte.

Kein Maultier oder Riesenchamäleon, das für den Fall eines überraschenden Besuches auf der Lichtung auf Florian wartete.

Kein auch noch so winziges Lebenszeichen von einem seiner Freunde. Florian spürte Enttäuschung in sich hochsteigen. So viele irrwitzige und ganz und gar unglaubliche Abenteuer hatte er schon in der Geisterwelt bestanden – waren ihre Bewohner nun nicht mehr daran interessiert, daß er sie besuchte? Dachten sie nicht mehr an ihn?

Florian konnte das nicht glauben. Ihm war klar, daß er auch wirklich nicht erwarten durfte, daß Quassel hier ständig auf ihn wartete. Und vielleicht hatte der grüne Wächter jedes einzelne Reittier gebraucht, das er auftreiben konnte.

Aber wofür?

Das war die Frage …

Florian kam zu keiner Antwort, die ihn zufriedenstellte. Und was tatsächlich passiert war, das konnte er damals natürlich noch nicht wissen.

So blieb ihm nichts anderes übrig, als sich zu Fuß auf den Weg zum Wirtshaus im Geistermoor zu machen, wo er Hinweise zu erhalten und Näheres zu erfahren hoffte.

Doch schon zu diesem Zeitpunkt beschlich Florian ein ungutes Gefühl.

Ein Gefühl, daß seine Freunde in Not waren, daß sie Hilfe brauchten.

Und daß ihm ein neues, ein überaus gefährliches Abenteuer bevorstand.

Dieses Gefühl war wie ein heftiger Windstoß in brütender Hitze. Irgendwie lag es in der Luft, fast konnte Florian es greifen. Es kribbelte, es machte ihn nervös und aufgeregt.

Und mit einemmal war sich der Junge sicher: Bei der Rückkehr in seine Welt würde er Philipp mehr zu erzählen haben, als er sich zuvor selbst in seinen kühnsten Träumen hätte vorstellen können …

Die Nachricht

Florian ließ sich auf den Wellen treiben, und dabei erinnerte er sich, wie er zu Haralds Gasthof gekommen war. Er hatte mehrmals an der Tür des Wirtshauses geklopft. Als ihm niemand öffnete, probierte er die Klinke. Und zu seinem großen Erstaunen stellte er fest, daß die Tür nicht versperrt war. Waren Lisa und ihr Vater etwa *doch* zu Hause?

Mit einem leisen Quietschen schwang die schwere Holztür auf.

»Harald? Lisa? Ist jemand da?«

Florian trat in die Wirtsstube. Der Gastraum wirkte seltsam leer, obwohl Florian keinen Hinweis darauf fand, daß irgendwelche Möbel entfernt worden wären. Alle Fenster waren fest verschlossen, die Luft roch abgestanden. In dem großen Kamin fand Florian nur einen kleinen Haufen kalter Asche; ganz offensichtlich hatte hier schon seit längerem kein Feuer mehr gebrannt.

Und so hatte Florian mit seinem Rufen auch keinen Erfolg. Der Junge durchschritt die Wirtsstube und die angrenzende große Küche. Er suchte auch im Obergeschoß nach seinen Freunden, aber er hatte auch damit keinen Erfolg. So kehrte er dem Haus den Rücken. Er blickte sich ziemlich ratlos um, als er wieder auf dem Platz vor dem Gebäude stand.

Florian beobachtete, wie einzelne Windstöße Gestrüpp und abgebrochene Äste hochwarfen und mit ihnen durch den Staub des Hofes fegten, als wären unsichtbare Hände mit kleinen Hexenbesen am Werk. Da wurde er plötzlich durch ein Geräusch abgelenkt, das aus Richtung des Stalles kam.

Nachdem er im Haus keine Spur von Harald und Lisa entdeckt hatte, erschien es ihm unwahrscheinlich, die beiden im Stall anzutreffen. Aber er hatte sich doch nicht geirrt! Florian spitzte die Ohren. Und ja, da war es wieder: eine Art Ächzen, ein Stöhnen, dazwischen ein Rascheln, als ob sich ein Elefant seinen Weg durch einen Riesenhaufen Stroh bahnte. Dann ein lautes Poltern wie von einem umgestoßenen Eimer.

Offensichtlich war im Stall tatsächlich jemand. Aber war dieser jemand ein Freund oder ein Feind?

Wie auch immer, es gab nur eine einzige Möglichkeit, des Rätsels Lösung herauszufinden.

Mit ein paar raschen Schritten war Florian beim Stalltor.

Mit klopfendem Herzen, mit angespannten Muskeln blieb er einen Augenblick lang davor stehen.

Dann zog er es auf.

Und starrte auf die messerscharfen Spitzen einer Heugabel nur wenige Zentimeter vor seinen Augen.

Florian sackte das Herz in die Hose. Unwillkürlich schrie er auf. Er stolperte zurück, er riß die Arme zum Schutz vors Gesicht. Erst als ihm bewußt wurde, *wer* da mit dem gefährlichen Gerät vor seiner Nase herumfuchtelte, entspannte er sich ein bißchen.

Denn da wurde ihm klar: Vor ihm stand kein Monster, stand kein Ungeheuer, das ihm feindlich gesinnt war. Vor ihm stand ... ein Quasselwesen. Und zudem eines, das sich nicht weniger vor ihm zu fürchten schien, als er sich vor der Heugabel. Und das ihm aus weit aufgerissenen Augen ängstlich entgegenschaute.

Das grüne Wesen brauchte in paar Momente, bis es seinerseits begriff, daß es nicht in Gefahr war. Dann erst wurden seine Züge so sonnig und heiter, wie das bei Quassels Verwandten meist der Fall war.

»Hm … Äh … Könntest du bitte …« Florian deutete auf die Heugabel, die das Quasselwesen immer noch drohend erhoben hatte.

»Aber natürlich! Entschuldige! Ich hab' ja nicht gewußt, daß *du* es bist …!«

Für Florian war es nichts Neues, daß ihn jeder Bewohner der Geisterwelt zu kennen schien. »Ich?« fragte er deshalb nicht allzusehr erstaunt. »Ich mein', hast du denn auf mich … *gewartet*?«

»Ja, freilich«, antwortete das Quasselwesen und ließ in einem glucksenden Lachen seine Speckfalten beben. »Ich bin ein Cousin dritten Grades von Quassel, deinem Freund. Ich seh' hier im Wirtshaus ein wenig nach dem Rechten. Und ich hab' die zwei Maultiere versorgt, die für dich bereitstehen. Gerade eben hab' ich ihnen Heu zum Fressen gegeben …« Er lehnte die Heugabel an die Wand und fuhr sich mit seinen Tausendfüßlerfingerchen über das verschwitzte Gesicht. »Ganz schön anstrengend übrigens, das kann man wohl sagen!«

Das Quasselwesen seufzte zum Steinerweichen. Dann wischte es mit einer raschen Geste jeden weiteren Gedanken an Arbeit fort und setzte abermals zu sprechen an: »Aber daß ich mich nicht verplaudere! Ich hab' gewartet, daß du kommst. Harald hatte mich vorgewarnt, daß das dauern kann.«

Der grüne Geselle hatte recht. Wenn Florian aus seiner Welt in die Geisterwelt und dann wieder zurückreiste, dann waren die Gesetze der Zeit außer Kraft gesetzt: Bei Florians Rückkehr war es immer, als wäre er gar nicht fort gewesen.

Wenn sich der Junge aber bei sich zu Hause befand, verstrichen in der Geisterwelt die Tage, Wochen und Monate genauso wie in Florians Welt. So war das eben, und daran gab es nichts zu rütteln. Und deshalb hatte Harald dem Quasselwesen wirklich keinen Zeitpunkt nennen können, *wann* Florian wieder einmal zum Wirtshaus im Moor gelangen würde.

»Er hat sogar gemeint, daß du vielleicht *überhaupt* nicht kommst«, fuhr Quassels Verwandter fort. »Denn ausgemacht habt ihr ja nichts, oder?«

»Nein, nein, das hatten wir nicht ...«

»Ich hoffe nur, daß du mir nicht böse bist«, brummelte das grüne Wesen.

»Dir böse? Wieso sollt' ich dir böse sein?«

»Nun, weil ich nicht auf der Lichtung gewartet hab'. Aber im Vertrauen: Dort wär's mir einfach zu ungemütlich. Hier im warmen Heu und mit Haralds Speisekammer gleich nebenan, das war schon was ganz anderes.« Das Wesen wand seinen voluminösen Körper, als rekelte es sich auf einem weichen Laken. Dabei gab es wieder dieses gutmütige Gelächter von sich. »Du hättest dir ruhig noch länger Zeit lassen können!«

Jetzt wollte Florian aber beim besten Willen nicht mehr mit der Frage warten, die ihm schon die ganze Zeit auf der Zunge brannte: »So sag doch: Wo sind denn Harald und die anderen? Was in aller Welt ist passiert?«

Da verdüsterte sich die Miene von Florians Gegenüber. »Was passiert ist, möchtest du wissen?« rief das Quasselwesen, und mit einemmal klang seine Brummstimme ganz aufgeregt. »Etwas Schlimmes ist passiert! Etwas Unglaubliches! Etwas Schreckliches!«

»Ja, was denn?« unterbrach Florian ungeduldig.

»Na, meine Verwandten! Sie sind verschwunden! Spurlos!«

»Deine Verwandten?« Florian wußte natürlich, daß *sämtliche* Quasselwesen um verschiedene Ecken und Enden herum miteinander verwandt waren. »Welche denn?« fragte er deshalb.

»Die höchsten! Die wichtigsten!« Das Quasselwesen war völlig aufgelöst, es war fix und fertig. Zweifellos hätte es sich die Haare gerauft, hätte es auch nur ein einziges auf dem Kopf gehabt. »Diejenigen, die dem Rat der Weisen angehören!«

»Und die sind wirklich ... *verschwunden*?«

»Genau! Sie ...« Da hielt das Quasselwesen inne, als hätte es sich eben an etwas erinnert. »Aber was red' ich denn?« schrie es in höchsten Tönen. »Ich soll dir doch die Nachricht geben!«

»Die Nachricht? Welche Nachricht denn?«

»Eine Botschaft. Von Harald. Er hat sie für dich niedergeschrieben, damit du alles erfährst.« Quassels Cousin kramte in der dunklen Ledertasche herum, die er sich an einem breiten Riemen quer über Brust und Bauch geschnallt hatte. Dabei grummelte er in seinen nicht vorhandenen Bart. »Wo ist sie denn? Ja, wo hab' ich sie denn?«

Endlich zog das Wesen einen arg zerknitterten Umschlag hervor und überreichte ihn freudestrahlend Florian. »Ich hab' die Nachricht gehütet wie meinen Augapfel!« versicherte es ihm. »Da steht alles drin. Lies selbst!«

Florian nahm den Umschlag entgegen, hastig riß er ihn auf. Und auch jetzt noch, Wochen später, beim Schwimmen mit den Delphinen, fröstelte den Jungen, als er an diesen Moment zurückdachte. Ihm war, als wäre das Meer auf einen Schlag um einige Grade abgekühlt, und selbst das Licht der Geistersonne kam ihm plötzlich nicht mehr so hell und strahlend vor wie noch einen Sekundenbruchteil zuvor.

Denn noch immer hallten die Worte des Quasselwesens düster und unheimlich in seinem Gedächtnis nach.

»Wenn du die Nachricht gelesen hast«, hatte sein wohlgenährtes Gegenüber nämlich noch gerufen, »dann solltest du dich auf schnellstem Wege in die Stadt des Lichts aufmachen!«

Und Quassels Verwandter hatte hyperhektisch mit seinen grünen Augen gerollt: wie ein Spielzeugroboter, dem gerade die Sicherungen durchgeknallt waren. »Es ist dringend! Wirklich! Und hoffentlich ... hoffentlich kommst du nicht zu spät!«

Eine beunruhigende Wendung

Haralds Nachricht war mehr eine kurze Notiz, und man merkte ihr an, daß sie in größter Eile hingekritzelt worden war. Sie lautete:

Florian, mein lieber Freund!

Es ist einfach keine Zeit, um in Deine Welt zu reisen und Dich um Deine Hilfe zu bitten. Wir müssen los, wir können uns keine Verzögerung erlauben. Einige der Weisen aus der Stadt des Lichts sind schon vor längerem zu den Bergen des Ewigen Eises aufgebrochen. Sie sind noch immer nicht zurückgekehrt, deshalb wollen wir sie suchen.

Florian, wir müssen los! Wir reisen in die Stadt des Lichts, und von dort aus geht's mit dem Heißluftballon nach Norden. Wenn Du uns besuchen kommst, so wird ein Verwandter von Quassel dasein, um Dir diese Nachricht zu übergeben. Könntest Du in die Stadt des Lichts nachkommen? Wir wären Dir sehr dankbar! Vielleicht sind wir bei Deiner Ankunft noch dort! Dann könnten wir gemeinsam zu den Bergen des Ewigen Eises reisen.

Bis dann, mein Freund, und paß auf Dich auf!

Dein Harald

Im ersten Moment konnte Florian mit dem, was ihm Harald da schrieb, nicht allzuviel anfangen. Doch dann erinnerte er sich: Als sie alle in der Stadt des Lichts gewesen waren, hatten sich eine Cousine von Quassel und andere Mitglieder des Weisenrates gerade zu den Eisbergen aufgemacht. Diese befanden sich im hohen Norden der Geisterwelt; dort wurden die silbernen Kugeln hergestellt, die die einzige wirkungsvolle Waffe gegen Werwölfe darstellten. In der Stadt des Lichts wurden diese Kugeln auch gegen die ekeligen Drachenkröten eingesetzt, die die Bewohner zu dieser Zeit in arge Bedrängnis gebracht hatten.*

Wenn die Mitglieder dieser Expedition immer noch nicht in ihre Heimatstadt zurückgekehrt sind, hatte Florian überlegt, dann muß ihnen tatsächlich etwas zugestoßen sein! Kein Wunder also, daß sich Harald auf ihre Spuren geheftet hatte.

So hatte Florian beschlossen, die Strapazen auf sich zu nehmen und seinen Freunden nachzureisen. Seine Neugier war einfach zu groß. Außerdem war die Lage anscheinend ernster, als er gedacht hatte; vielleicht brauchten Harald und die anderen ja wirklich seine Hilfe: Wenn es galt, sich den Mächten des Bösen entgegenzustellen, konnte die Kraft eines gläsernen Steines mehr auf der Seite des Guten zumindest nicht schaden!

Mit den Gepflogenheiten in der Geisterwelt war Florian in der Zwischenzeit bestens vertraut. Deshalb nahm er sich ein Maultier aus Haralds Stall, belud ein zweites mit Decken und Vorräten und machte sich auf den weiten Weg zur Stadt des Lichts.

Normalerweise hätte er den Großteil der Strecke ja bequem mit der Bahn hinter sich gebracht, die regelmäßig zwischen dem Bergwerk der gläsernen Steine

* Vgl. Band 76 104: ›Das Geheimnis der verdunkelten Sonne‹

und der Stadt des Lichts pendelte. Aber diesmal war das nicht möglich.

Zwar hatte Harald nicht daran gedacht, in seiner Notiz den genauen Zeitpunkt seiner Abreise anzugeben, doch das Quasselwesen hatte Florian erzählt, daß es erst zehn Tage her war, daß seine Freunde aufgebrochen waren. Die Bahn, die für eine Strecke fast eine Woche benötigte, konnte demnach noch gar nicht wieder zurück sein.

So mußte der Junge die gesamte Strecke auf dem Rücken seines Reittieres zurücklegen. Er hielt sich südlich der Bahnlinie, denn diese Gebiete waren ihm zum Teil bereits vertraut; es war der Weg, den seine Freunde und er auf ihrer Reise zum Wald der Schwarzen Göttin genommen hatten.*

Der Ritt war anstrengend, Florian war die ganze Zeit mutterseelenallein. An den Tagen machte dem Jungen die Eintönigkeit zu schaffen, und er litt darunter, daß er sich mit niemandem unterhalten konnte. Und wenn der Geistermond untergegangen war, waren es die Einsamkeit und die Kälte der Nacht, die ihn so manches Mal um ein Haar zum Umkehren bewegt hätten.

Doch Florian gab nicht auf. Er spürte, wie ihn der Gedanke an seine Freunde antrieb, wie er ihm die Kraft gab, durchzuhalten. Als er die Hälfte des Weges hinter sich gebracht hatte, hätte eine Umkehr auch gar keinen Sinn mehr ergeben. Und wenn er sich dann die Wärme und das Sonnenlicht am Ufer des Geistermeeres vorstellte, fühlte er stets frischen Mut in sich hochsteigen.

Florians Reise war nicht ungefährlich, aber der Junge hatte Glück. Er geriet in keinen Hinterhalt, keine schrecklichen Wesen lauerten ihm auf. Fast war es, als

* Vgl. Band 76 108: ›Das Geheimnis der Schwarzen Göttin‹

wären sämtliche dunklen Mächte der Geisterwelt gerade mit etwas anderem beschäftigt: mit einer Untat, die ihre ganze Kraft und Aufmerksamkeit in Anspruch nahm.

Hoffentlich, dachte Florian, komm' ich noch zurecht! Hoffentlich ist Harald noch nicht zu den Bergen aufgebrochen!

Aber in dieser Hinsicht wurde er herb enttäuscht. Denn als er endlich die hohen Türme der Stadt des Lichts im hellen Sonnenschein glitzern und gleißen sah, waren seine Freunde nicht mehr dort.

Eine Bewegung, die er aus den Augenwinkeln wahrnahm, rief Florian wieder in die Gegenwart zurück. Der Junge wandte den Kopf. Wie ein dunkler Strich vor der flammenden Sonnenscheibe stand eine Gestalt am Ufer und winkte ihm aufgeregt zu.

»Was ist denn los?« rief Florian. Aber seine Stimme trug wohl die Worte nicht laut genug übers Wasser.

Gerade wollte Florian erneut zum Rufen ansetzen, da traf ihn ein Schwall warmen Wassers voll im Gesicht.

»Was ...« Der Junge spuckte und rieb sich die Augen. »Was soll denn das?«

Da bemerkte er einen der Delphine. Das Tier lag auf der Seite, es schlug mit der flachen Flosse aufs Wasser und bespritzte ihn abermals mit einer kleinen Ladung. Normalerweise wäre dies Auftakt zu einer ausgelassenen Rangelei über und unter Wasser gewesen. Aber jetzt machte sich Florian plötzlich Sorgen. Vielleicht gab es Nachricht von Harald?

»Laß das!« rief Florian deshalb. »Ich muß ...«

Genau, du mußt zum Ufer zurück! Wie immer vernahm Florian die knarrig-pfeifende Schnatterstimme des Delphins direkt in seinem Kopf. *Es ist Chris, der dort auf dich wartet! Hörst du denn nicht, wie er nach dir ruft?*

»Nein! Ich hör' gar nichts! Meine Ohren sind noch etwas verstopft!«

Doch der Junge beherzigte umgehend den Rat des Delphins. Er legte sich gehörig ins Zeug, um Chris nicht länger warten zu lassen. Chris stand gemeinsam mit seiner Zwillingsschwester Christina dem Rat der Weisen vor, der die Geschicke der Stadt des Lichts lenkte. Seit den dramatischen Ereignissen mit den Drachenkröten waren die Geschwister Florians Freunde. Und Florian wußte genau, daß ihn Chris nicht zu sich rufen würde, wenn es nicht wirklich wichtig wäre.

Eben noch waren die Delphine um Florian herum wie superschnelle Mini-U-Boote durchs Wasser gezischt, hatten sie immer wieder die ausgelassensten Luftsprünge aufgeführt. Jäh war's vorbei damit, und der Junge rätselte insgeheim: Haben sie Chris' Gedanken gelesen? Wissen sie bereits, daß etwas passiert ist?

Diese düsteren Überlegungen trieben Florian weiter an. Mit kräftigen Tempi gelangte er zur steinernen Mauer des Hafenbeckens. Er stemmte sich auf und zog sich daran hoch, bis er zum Sitzen kam.

»Was ist?« fragte er atemlos. Er strich sich die nassen Haare aus der Stirn und schaute fragend zu Chris hoch. Doch der Blick, den er von seinem Freund auffing, war düster.

»Kannst du mitkommen?« fragte Chris leise. Trotzdem ließ er keinen Zweifel an der Dringlichkeit seiner Worte. »Es ist jemand da, der dich sehen will ...«

»Ja?« fragte Florian interessiert. »Wer denn?«

Aber Chris ging nicht auf seine Frage ein. Er hatte die blonden Brauen zusammengezogen, und seine sorgenvoll gefurchte Stirn wollte so gar nicht zum schmalen Gesicht des Achtjährigen passen. Chris zwirbelte eine der langen Haarsträhnen, die vor seinen Ohren hingen. Florian hatte bereits herausgefunden, daß seine Schwester und er das immer taten, wenn sie besonders nervös waren.

Und mit unheilschwangererer Stimme drängte Chris den älteren Jungen: »Mach schnell! Ich glaub', wir haben ein ziemlich großes Problem!«

Hongar

Die hohen, schlanken Türme und steilen Dächer der Stadt des Lichts glänzten in der Geistersonne wie frisch gefallener Schnee an einem klaren Wintertag. Vor dieser mächtigen Kulisse wirkten Florian und Chris wie zwei winzige schwarze Ameisen, die auf der Hafenmauer hin und her wuselten.

Florian trocknete sich notdürftig ab und schlüpfte rasch in seine Shorts und ein T-Shirt. Dann folgte er Chris durch einen breiten Torbogen ins Innere der Stadt. Dort waren unzählige Menschen geschäftig unterwegs, dazwischen aber auch kleine Gruppen von absonderlichen Wesen wie aus einem Science-Fiction-Film. Seit seiner Ankunft war Florian schon oft durch die Stadt gestreift, hatte so manchen geheimnisvollen Winkel durchstöbert. Deshalb war der Anblick solcher Wesen nun schon beinahe alltäglich für ihn: Man lief ihnen hier einfach auf Schritt und Tritt über den Weg.

Florian hatte auf seinen Abenteuern ja bereits weite Teile der Geisterwelt kennengelernt. Er wußte aber, daß es überall versteckte Dörfer gab, in denen diese absonderlichen Wesen lebten. Sie alle trafen sich in der Stadt des Lichts, an jenem Ort, wo es keinen Zwist und keine Auseinandersetzungen zwischen den unterschiedlichen Völkchen gab. Und ihre Abgeordneten waren es auch, die sich als Mitglieder des Rates der Weisen gemeinsam mit Quassels Cousine zur Beschaffung der silbernen Kugeln aufgemacht hatten.

Über eine gewundene Außentreppe gelangten Florian und Chris in den Saal, in dem sich die Weisen zu ihren Beratungen zu treffen pflegten. Gerade wollte Florian aufs neue wissen, *wer* denn gekommen sei, um ihn zu sehen.

Doch als die Jungen den Saal betraten, erübrigte sich diese Frage. Denn dort stand nicht nur Chris' Schwester Christina, sondern auch …

»Hongar!« rief Florian voller Freude. »Was machst denn *du* hier?«

»Na, ich denke, das gleiche wie du«, gab der hünenhafte Hauptmann zurück. »Ich warte auf Harald und die anderen!« Und er fügte erklärend hinzu: »Chris und Christina haben nach mir geschickt, weil sie schon geraume Zeit nichts mehr von Haralds Suchtrupp gehört haben!«

Die beiden fielen einander in die Arme, wobei Florian dem blonden Soldaten gerade bis zur Brust reichte und schon Angst bekam, von den Muskeln seines Freundes erdrückt zu werden. Florians rechts Ohr scheuerte an dem ledernen Waffengurt, den Hongar quer über die Brust geschnallt trug. Deshalb war es feuerrot, als Hongar den Jungen bereits im nächsten Moment um Armeslänge von sich hielt und ihn mit einem breiten Grinsen musterte.

»Ich freu' mich so, dich zu sehen«, sagte er. »Aber eigentlich hätt' ich mir denken können, daß du hier bist.«

Die Zwillinge standen in ihren weißen, goldbesetzten Gewändern neben dem ungleichen Paar: dem dünnen Florian und dem breitschultrigen Hongar. Auf ihren braungebrannten Gesichtern lag ein leises

Lächeln, sie hatten den Kopf leicht gesenkt. Das seltsame spiralenförmige Muster, in dem ihre kurzgeschorenen Haare wuchsen, zog Florians Blick wie magisch an. Es fiel dem Jungen nicht leicht, sich davon loszureißen. Aber dann nahm ihn das Gespräch, das sich zwischen Hongar und ihm entspann, doch zu sehr in Anspruch.

»Ich wollte nur Harald und Lisa besuchen«, sagte Florian.

»Und dann bist du hier gelandet!« Beim Lachen bog Hongar seinen Kopf weit in den Nacken zurück. »Und es stimmt, was mir Chris und Christina erzählt haben? Du hast wirklich mutterseelenallein die Geisterwelt durchquert?«

»Na, so was Besonderes war das ja nicht!«

»Nun mach aber halblang! Du hättest doch nur zu mir ins Bergwerk kommen müssen. Dann wären wir zusammen gefahren!«

»Gefahren? Aber ich hab' mir ausgerechnet, daß der Zug gerade unterwegs war!«

»Das schon. Nur haben wir im Bergwerk jetzt auch einen Heißluftballon. Genauso einen wie die hier in der Stadt des Lichts. So bin ich hergekommen!«

»Wirklich?«

»Ja! Aber das konntest du natürlich nicht wissen. Übrigens, was ich dir noch sagen wollte: Weil ich sowieso schon in der Luft war, hab' ich eine Runde gegen Norden hin gedreht, aber nur, so weit der Schein der Geistersonne reichte ...«

»Und du hast dabei nach Harald und den anderen Ausschau gehalten?«

»Genau. Die sind ja auch im Ballon gereist, als sie sich auf die Suche nach Quassels Cousine und ihren Begleitern gemacht haben.«

»Und? Hast du sie gefunden?«

Betrübt schüttelte Hongar den Kopf. »Keine Spur von ihnen. Obwohl ...«

»Obwohl *was*?«

»Wenn man bedenkt, daß die Fahrt bis zu den nördlichen Bergen etwa vier Tage dauert und sie nun schon mehr als drei *Wochen* unterwegs sind ...«

Der junge Hauptmann ließ den Satz offen. Es war Christina, die den Gedanken an seiner Stelle zu Ende führte: »Dann sollten sie schon längst wieder zurück sein!«

Einige Augenblicke lang herrschte betretene Stille in dem großen Raum.

Durch den Einfluß der Geistersonne hatten die Augen aller Einwohner der Stadt des Lichts einen violetten Ton, und auch die Pupillen von Besuchern nahmen diese Farbe an. Florian war eine Ausnahme, wobei niemand den Grund dafür kannte. Nun blickte der Junge in die geheimnisvollen Augen seiner Freunde, und ihm fiel auf, daß das Strahlen, das von Christina und ihrem Bruder üblicherweise ausging, offensichtlicher Besorgnis gewichen war.

Hongar durchbrach schließlich die Stille. Seine Worte glichen einem heißen Wüstenwind, der sich den Freunden wie ein brennendes Band um die Stirn legte und ihnen den Schweiß aus den Poren trieb.

»Dann werden wir wohl eine neuerliche Suchexpedition ausrüsten müssen«, stellte er fest. Und er atmete einmal tief durch, bevor er hinzufügte: »Mir scheint nämlich, daß dort oben in den Bergen des Ewigen Eises etwas vor sich geht, das wir überprüfen sollten!«

Gegen Norden

Florian und Hongar waren schon fast drei Tage unterwegs, als sie die ersten Spuren von Haralds Expedition entdeckten. Die meiste Zeit über hatten sie sich über dem Meeresstrand gehalten. Ein frischer Wind wehte dort nämlich von Süden nach Norden und trieb sie so stetig vorwärts. Alles, was der junge Hauptmann und sein Begleiter zu tun hatten, war, sich über den Rand des geflochtenen Ballonkorbs zu beugen und Ausschau nach den verschollenen Freunden zu halten.

Sie waren nur zu zweit. Auch wenn es ihnen die Vorsicht geboten hätte: Sie hatten keine Soldaten zu ihrer Verstärkung mitnehmen können. Der Ballonkorb war nämlich für zehn Passagiere ausgerichtet, und wenn sie wie erhofft Harald, Lisa und Quassel fanden, dann waren sie schon zu fünft. Und genau fünf Mitglieder des Rates der Weisen waren es gewesen, auf deren Fährte sich Haralds Truppe geheftet hatte. Sollte es Florian und Hongar gelingen, auch sie aufzuspüren, dann wäre ihr Ballon mit zehn Personen voll besetzt. Für zusätzliche Soldaten hatten sie also wirklich keinen Platz. Schweren Herzens hatten sie auf den Beistand der guttrainierten Krieger verzichten müssen.

Gegen Mittag des zweiten Tages hatte Hongar eine

Richtungsänderung nach Nordosten vorgenommen. Dazu bediente er sich des rotglühenden gläsernen Steins, der in einer Halterung direkt über ihren Köpfen steckte und die eigentliche Antriebsquelle des Ballons darstellte. So hatten sie bald das Geistermeer hinter sich gelassen. Und noch bevor sie gegen Abend niedergingen, um ihr Nachtlager aufzuschlagen, hatten sie in der Ferne ein weites Waldgebiet erspäht.

Wie ein riesiger dunkler See erschienen Florian die Wipfel der Bäume, und sein Herz wurde warm, wenn er an die Bewohner dieses Waldes dachte. Denn nicht nur seine Freunde, die Jäger, lebten dort. Auch der kleine Zwiderwurz hatte am Waldrand seine Hütte, von der aus er alle, die spürten, daß ihr Ende nahte, zum Himmelsfall geleitete.

Bei seinen Erlebnissen mit den Katzenmenschen hatte Florian miterlebt, daß die Bewohner der Geisterwelt nicht wirklich starben, wenn ihre Zeit gekommen war, denn sie wurden ein Bestandteil der Dämmerung. Sie gelangten über den gewaltigen Wasserfall zu dem glitzernden Band aus strahlendstem Licht, das die Geisterwelt bei jedem Auf- und Untergang des Mondes gleich einem wunderbaren Regenbogen überzog. Und so gingen sie ein in die Macht des Guten, die wie ein beschützender Gott über die Geisterwelt wachte.

Hongar hatte den Ballon am frühen Abend gelandet, und Florian breitete gerade seine Decken neben dem lodernden Lagerfeuer aus, als das gleißende Spektakel am Himmel begann. Auch Hongar, der dabei war, den Ballon mit dicken Seilen an vier Baumstümpfen zu verankern, hielt in seiner Arbeit inne und hob den Blick. Und Florian dachte, wie gern er den kleinen Zwiderwurz, das greisenhafte Männlein, mit dem er schon so viele Abenteuer bestanden hatte, doch wiedersehen würde!

Sie brachen schon früh am Morgen ihres dritten Reisetages auf, und vor der riesigen runden Scheibe des Geistermondes erhob sich der Ballon langsam und majestätisch. Das strahlende Blau der Ballonhülle erinnerte an den Himmel über dem Ozean; es war ein einzelner heller Fleck im Zwielicht, das über der Landschaft wie eine dünne Schicht düsteren Nebels lag.

»Hoffentlich finden wir sie heute«, meinte Hongar leise.

»Ist es noch weit?«

Der junge Hauptmann schüttelte den Kopf. »Nein«, sagte er. »Wir folgen dem Rand des Waldes. Den ganzen Tag. Wenn nichts Unvorhergesehenes passiert, müßten wir am Abend die nördlichen Berge zu Gesicht bekommen.«

Die Kraft der Geistersonne reichte nicht bis hierher. Es war kalt, und Florian fröstelte trotz der dicken, pelzgefütterten Lederjacke, die Hongar für ihn besorgt hatte. Auch der junge Hauptmann war in ein wärmendes Wams gehüllt; beide trugen sie weiche Fellhauben wie Trapper in einem Film, der unter Goldsuchern in Alaska spielte. Die Augen des Soldaten hatten schon längst ihre lila Färbung verloren und wieder ihr ursprüngliches Blaugrau angenommen.

Der Vormittag verging, genau wie der Nachmittag. Florian und Hongar brauste der Wind um die Ohren, und der Mond stand schon tief, als sie die letzten Bäume des Waldes hinter sich ließen. Sie waren über eine Art Tundra gefahren, die über und über mit rotem und lila Heidekraut bewachsen war; im halben Licht der Geisterwelt wirkten die Farben aber dunkler, als sie tatsächlich waren. Eine Herde von Rentieren stob in Panik auseinander, als sie über sie hinwegflogen. Zottige Moschusochsen hingegen ließen sich nicht von ihnen stören und grasten friedlich vor sich hin. Und ein Stück weiter entdeckten sie einen einsamen Wolf, der über der geschlagenen Beute hockte und mit blutiger Schnauze den Mond anheulte.

Eine Stunde später sah alles wieder ganz anders aus. Sie schwebten über ein Feld von frisch gefallenem Schnee, das ihnen unendlich weit erschien und auf dem ihr Ballon einen langgezogenen Schatten warf.

»Wie ist das eigentlich?« wandte sich Florian an seinen Freund. »Warum werden die Silberkugeln denn nur in den Bergen des Ewigen Eises hergestellt? Ich mein', weil die doch so abgelegen sind ...«

»Das hat schon seine Richtigkeit so«, antwortete Hongar, und in seiner Stimme schwang ein geheimnisvoller Unterton mit. »Das Silber muß im Schein des Polarmondes gegossen werden. Das verleiht ihm die besondere Härte, die nötig ist, um Bestien wie die Werwölfe zu erledigen.«

»Genau!« Florian mußte plötzlich lachen, weil er sich daran erinnerte, wie Harald bei ihrem ersten Zusammentreffen die Pistole genannt hatte, mit deren Hilfe er die Biester ins Jenseits zu schicken gedachte. Der Wirt hatte die altmodische Waffe als seinen ›absolut sicheren und einmaligen Werwolf-Töter‹ bezeichnet.

Hongar wollte sich eben über den Grund für Florians Heiterkeit erkundigen, als er glaubte, ein Stück entfernt am Boden etwas entdeckt zu haben: eine schwärzliche Stelle im Weiß des Schnees. Er kniff die Augen zusammen. Seine Hand strich mit einer raschen Bewegung über den gläsernen Energiestein über seinem Kopf: So steuerte er den Ballon auf die verdächtige Stelle zu.

Florian entging das Mienenspiel zwischen Verwunderung, Neugier und Sorge im Gesicht seines Freundes nicht.

»Was ...«, begann der Junge. Doch er brach schon im nächsten Moment wieder ab.

Denn nun sah auch er, was Hongar stutzig gemacht hatte.

Es war ein verbrannter, ein verkohlter Haufen. Im Grunde genommen war es beinahe unmöglich, aus der Entfernung zu sagen, was dieser Berg aus Schutt und Asche einmal dargestellt hatte.

Und doch wußten die Freunde instinktiv, *was* sie da vor sich hatten.

»Vermaledeite Hosenscheiße!« zischte Florian. »Das ist ...«

»Nein!« verbesserte ihn Hongar knapp. »Das *war* einmal Haralds Ballon ...!

Mit einemmal umklammerte Angst Florians Kehle wie die spitzen Krallen einer Drachenkröte. »Sie haben eine Bruchlandung hingelegt!« rief er.

»Sieht ganz so aus!« Hongar preßte die Luft durch seine zusammengebissenen Zähne. »Und dann hat's dort unten ordentlich gebrannt!«

Spuren im Schnee

Hongar setzte den Ballon gleich neben der Absturzstelle auf. Mit einem lauten Knirschen schob sich der Boden des Korbes in den gefrorenen Schnee. So ähnlich mußte es klingen, fuhr es Florian durch den Kopf, wenn der Rumpf eines Schiffes über die gefährlich scharfen Zacken eines unterseeischen Eisberges oder eines Riffs schrammte.

Der Junge bemühte sich, so rasch wie möglich hinauszuklettern. Er fing das Tau, das ihm Hongar zuwarf, und schlang es eilig um einen kleinen Felsen, der von einer dünnen Eiskruste überzogen war. Für einen Moment strich Florian über die spiegelglatte Oberfläche des Steins. Und er überlegte, daß es wohl viele hundert oder vielleicht sogar tausend Jahre gedauert hatte, bis es Wind und Wetter gelungen war, den Fels so gleichmäßig abzurunden.

Florian prüfte das Seil, und es hielt. Als bestens abgesichert konnte man den Ballon dadurch dennoch nicht bezeichnen, aber in dieser ebenen Landschaft gab es einfach nichts, woran Florian das Tau wirklich fest hätte anbinden können; ganz zu schweigen von den *vier* Seilen, die dazu üblicherweise verwendet wurden. Es blieb den Freunden nur zu hoffen,

daß nicht ein jäher Windstoß den Ballon wieder losriß.

Auch unter den Stiefeln der beiden knirschte der Schnee, als sie sich langsam den verbrannten Teilen näherten. Er war aber so hart, daß ihre Stiefel keinen Zentimeter einsanken. Vorsichtshalber hatte Hongar sein Schwert gezogen, und immer wieder ließ der junge Hauptmann den Blick über die weiße Ebene schweifen. Aber es gab keinerlei Anzeichen für Gefahr, und allmählich begann sich der Puls der Freunde ein wenig zu beruhigen.

Dann standen sie direkt an der Absturzstelle mit dem traurigen Rest aus schwarzen Planken, Korbgeflecht und versengten Tauen. Dazwischen befand sich ein verschmorter Haufen, der wohl das stoffartige Material war, aus dem einmal die Hülle des Ballons bestanden hatte. Hongar senkte das Schwert und stocherte darin herum. Ein schwarzer Fetzen blieb an der Klinge hängen, und der Soldat ging in die Hocke, um ihn genauer untersuchen zu können.

»Tatsächlich«, sagte er. Als er sich wieder erhob, hatte er einen harten Zug um den Mund. »Das war Haralds Ballon! Da es außer unserem Heißluftballon und dem aus der Stadt des Lichts in der ganzen Geisterwelt keinen anderen gibt, *muß* er es sein ...«

Er hob den Blick und schaute in die Ferne, um seine Gedanken zu sammeln. Dann stieß er plötzlich voller Wut sein Schwert in den Haufen zu seinen Füßen. »So ein herrlicher Ballon!« rief er. »Er war der ganze Stolz der Stadt des Lichts! Und dann muß er innerhalb weniger Augenblicke verbrannt sein!«

Betreten scharrte Florian mit den Spitzen eines Stiefels in dem, was vom ehemals kunstvollen Flechtwerk des Ballonkorbes übriggeblieben war. Seine Augen waren zu schmalen Schlitzen verengt, als er endlich zu Hongar aufsah.

»Und Harald?« Furcht um seine Freunde lag in seinem Gesicht, seine Stimme klang dünn und verzagt wie die eines Kindes, das Angst vor dem Dunkeln hatte. »Und Lisa und Quassel? Wo mögen sie sein?«

Der junge Hauptmann hielt seinem Blick stand. »Keine Ahnung«, sagte er leise. »Hier jedenfalls sind sie nicht, soviel steht fest. Das hat aber auch seine gute Seite: Denn wenn ihnen etwas zugestoßen wäre, dann würden sie doch hier liegen.«

Ein Funken Hoffnung glomm in Florian auf, doch Hongar dämpfte ihn sogleich wieder.

»Andererseits …«, begann der junge Soldat.

»Ja? Was denn?«

Hongar ging in die Knie und berührte ein Stück geschwärztes Holz. »Kalt«, meinte er. »Es ist schon einige Zeit her, daß sie abgestürzt sind. *Falls* es sich wirklich um einen Absturz gehandelt hat …«

»Falls? Glaubst du …«

»Harald ist ein guter Ballonfahrer, der beste, den ich kenne.« Hongar erhob sich abermals. Er legte Florian eine Hand auf die rechte Schulter, mit der anderen stützte er sich auf seinem Schwert ab. »Und der gläserne Stein, der die Luft im Ballon erhitzt, hätte nie und nimmer einen Brand verursacht.«

»Aber was könnte denn sonst passiert sein?«

»Ich denke«, antwortete Hongar, »daß Harald und die anderen von hier fortgebracht wurden. Wir sollten nach Spuren suchen.«

»Nach Spuren?«

»Ja!« Hongar hob die Arme. »Von einem Schlitten vielleicht, oder von … Ach, was weiß ich denn!«

Hongar lief ein paar Schritte um den Brandhaufen herum. Florian hatte Mühe, ihm nachzukommen. Als er ihn schließlich einholte, stand Hongar da und deutete triumphierend vor sich in den Schnee.

»Da!« rief er. »Siehst du?«

»Wirklich! Du hast den richtigen Riecher gehabt!«

Zwei Linien, jede von ihnen vielleicht so dick wie drei Finger, nahmen von hier ihren Anfang: eine klare Spur. Der Schnee muß noch ganz frisch gewesen sein, als sie entstanden waren. Der Frost hatte erst danach seinen kristallenen Eismantel über die Ebene geworfen. Die Linien verliefen zum Horizont hin, wo als dunkle Schattenlinie die Kette der nördlichen Berge lag.

»Ein Schlitten! Sie haben sie auf einen Schlitten gepackt!«

»Nein! Nicht auf einen! Dort drüben, siehst du? Dort ist eine zweite Spur!«

»Wirklich! Das ist ja voll super!«

Schlagartig hatte die Mutlosigkeit neuer Zuversicht Platz gemacht. Sie brauchten den Spuren nur mit dem Ballon zu folgen, dann würden sie herausfinden, wohin Harald, Lisa und Quassel gebracht worden waren.

Was weder Florian noch seinem älteren Freund zu diesem Zeitpunkt auffiel, war der Haken, den die Sache hatte. Die Abdrücke, die die Kufen der zwei Schlitten hinterlassen hatten, waren recht eindeutig zu erkennen. Dazwischen fanden sich Spuren, die wahrscheinlich von Zugtieren stammten. Sie waren wohl im Durcheinander und im Getrampel des Aufbruchs völlig verwischt worden.

Dieser Umstand an sich war ja nicht ungewöhnlich oder in irgendeiner Weise besorgniserregend, aber in ihrer Aufregung hatten es Florian und Hongar unterlassen, die Spuren genauer zu untersuchen. Hätten sie es getan, wären ihnen zwei oder drei Stellen aufgefallen, an denen die Abdrücke der Zugtiere *nicht* verwischt worden waren.

Und diese Entdeckung hätte sie zweifellos entsetzt.

Denn es waren keine Spuren der Pfoten von Schlittenhunden.

Es waren auch nicht die Hufabdrücke von Pferden.

Es waren drei Zehen, die sich in den Schnee gegraben hatten: Drei Zehen, an denen lange, gebogene und spitz zusammenlaufende Klauen saßen.

Klauen, wie sie die scheußlichsten Untiere als heimtückische Waffen benutzten.

Klauen, die auch für Harald, Lisa und Quassel eine echte Gefahr bedeutet haben konnten.

Doch auch ohne diese Entdeckung war es mit Florians Zuversicht schon wieder vorbei. Der Junge begriff nämlich auf einmal mit erschreckender Klarheit, wie es zu dem Absturz des Ballons gekommen sein mußte.

»Hongar?« begann er.

»Ja?«

»Wenn sie wirklich jemand fortgebracht hat«, sagte Florian, »und wenn du auch glaubst, daß das Feuer nicht im Ballon ausgebrochen ist …«

»Ich kann mich natürlich auch irren!«

»Ja, sicher, das ist immer möglich! Aber du hast schon mit den Spuren recht gehabt. Wenn nun auch das mit dem Feuer stimmen würde, dann würde das doch bedeuten, daß jemand den Ballon … *angegriffen* hat! Daß ihn jemand in Brand geschossen hat!«

Für einen Moment gab Hongar keine Antwort. Dann räusperte er sich und wollte gerade zu sprechen ansetzen.

Doch er kam nicht dazu.

Denn da ging wie aus heiterem Himmel und ohne die geringste Vorwarnung ein Hagel aus Blitzen und Feuer auf die zwei Freunde nieder.

Und auf schaurigste Weise wurde ihre Vermutung über den Angriff auf Haralds Ballon bestätigt.

Sternschnuppen

Es waren vier lodernde Lichtpunkte, die auf Florian und Hongar niedersausten. Sie schienen geradewegs aus den finstersten Regionen hinter dem Geistermond zu kommen. Sternschnuppen gleich beschrieben sie eine feurige Bahn am Firmament. Und dann schlugen sie mit ungeheurem Krachen und Getöse dicht an der Absturzstelle ein.

Wie glühendheiße Flammenschwerter schnitten sie tief in die gefrorene Erde. Funken stoben meterhoch, als hätten Captain Kirk oder sein Nachfolger Picard aus der *Enterprise* mit ein paar Phasersalven nachgeholfen. Instinktiv warfen sich Florian und Hongar zur Seite. Sie gruben ihre Gesichter in den Schnee, legten zum Schutz die Arme über den Kopf.

Da spuckte Florian jählings Wasser.

»Verdammt!« fluchte der Junge. Er sprang auf die Beine und sah sich um. »Der Schnee schmilzt!«

Und tatsächlich: Die Hitze der vier ›Sternschnuppen‹ hatte den gesamten Boden blitzartig aufgetaut. Sie hatte ihn so sehr erwärmt, daß Florian und sein Freund nun bis über die Knöchel in einem kleinen, matschigen See standen.

»Hongar!« Florians Puls jagte. »Du bist ja verletzt!«

Der junge Hauptmann wischte sich übers Gesicht und betrachtete das Blut auf seinem Handrücken. »Es ist nichts!« versuchte er Florian zu beruhigen. »Ich hab' mir nur an dem Ding da die Nase aufgeschlagen!«

Er versetzte einer gesplitterten Holzplanke, die halb aus dem Wasser ragte, einen Fußtritt, der sie ein paar Meter weit durch die Luft beförderte. Die Freunde folgten dem Brett mit den Blicken. Es kam direkt neben einem der dampfenden Krater zu liegen und lenkte die Aufmerksamkeit der beiden wieder auf ihr eigentliches Problem.

»Viel wichtiger«, meinte Hongar langsam, »ist die Frage, was denn da eigentlich passiert ist ...«

Florian und Hongar setzten sich in Bewegung; es platschte, als sie an den Krater herantraten. Er war gefüllt mit Schmelzwasser, auf dessen Oberfläche kleine Flammen züngelten. Lange Zeit hielt der junge Hauptmann den Blick gesenkt, als glaubte er, auf diese Weise das brennende Wasser durchdringen und erkennen zu können, was sich auf dessen Grund befand.

»Hast du eine Idee«, fragte Florian, »was das verursacht haben könnte? Ich meine, was das für Lichtblitze waren?«

Hongar zögerte merklich, bevor er ihm antwortete. »Ja«, murmelte der junge Hauptmann schließlich so leise, als spräche er eher mit sich selbst. »Es gibt da eine Geschichte in der Geisterwelt, eine Art Legende. Sie besagt ...«

Er schüttelte den Kopf, als wollte er einen unliebsamen Gedanken verscheuchen. Dann blickte er auf, als wäre er soeben aus einem Traum erwacht. »Aber nein«, stellte Hongar fest, »das ist nicht möglich!«

»Wieso nicht! *Was* ist nicht möglich?« Florian packte ihn an den Armen. »So red schon! Erzähl mir von dieser Legende!«

Hongar musterte den Jungen für einen langen Moment, dann schien er einen Entschluß gefaßt zu haben. »Also gut«, sagte er. »Die Geschichte berichtet, daß in kalten und klaren Nächten hoch am Himmel und hinter dem Mond versteckt schwarze Schatten lauern.«

»Schwarze Schatten?«

Hongar nickte. »Genau«, sagte er. »Sie sind böse. So etwas wie ›himmlische Vampire‹. Sie dürsten nach menschlichem Blut, das sie allein zu wärmen und zu nähren vermag. Es sind ...«

Doch weiter kam der junge Soldat nicht.

Denn unversehens war ein angriffslustiges Zischen zu hören.

Es klang wie das bösartige Züngeln einer giftigen Schlange, nur tausendfach verstärkt.

Und aus dem Krater vor den Freunden, den zwei anderen zu ihren Seiten und dem vierten in ihrem Rücken wuchsen Kreaturen der Nacht empor.

Kreaturen, die haargenau zu der Geschichte paßten, die Hongar gerade zu erzählen begonnen hatte.

Und die sich mit Gebrüll auf Florian und Hongar stürzten.

Garstige Kartoffelmonster

Wäre der Anblick, der sich Florian bot, nicht gar so schauerlich gewesen, hätte der Junge wohl lachen müssen. Denn irgendwie ähnelten die Ungeheuer überdimensionalen Kartoffeln, denen aus irgendeinem Grund Arme und Beine gewachsen waren.

Die vier Monster, die sich brüllend aus den Kratern erhoben, waren ein wenig größer als Florian und von graubrauner Farbe. Ihre Haut hatte rostige Flecken und sah aus, als würde sie abblättern. Im Grunde genommen bestanden die Biester hauptsächlich aus einem mannsgroßen Eierkopf, in dessen unterer Hälfte ein riesiges Maul ohne Lippen klaffte. Eine gespaltene Reptilienzunge zischte daraus hervor und schlängelte sich um die zwei spitzen Zähne, die genau aus der Mitte des Oberkiefers wuchsen. Sie waren so lang und dick, daß Florian keinen Moment daran zweifelte, daß sie selbst die härtesten Mauern würden durchbohren können.

Und noch etwas Seltsames bemerkten Florian und Hongar: Beim Atmen pusteten die Biester eine kleine Wolke kohlenartigen Staubes aus. Boshafterweise versuchten sie, diesen Staub ihren Opfern geradewegs in die Augen zu blasen.

Die Augen der Monster waren so groß, daß sie beinahe die gesamte obere Gesichtshälfte ausfüllten. Sie waren giftgrün, hatten aber keine Pupillen und keine Iris. Wie können die denn überhaupt sehen? dachte Florian unwillkürlich.

Ihm fiel es schwer, den Blick von diesen Augen abzuwenden, und ihn durchfuhr ein eisiger Schauer dabei. Ihm war nämlich, als schauten ihm die Monsteraugen geradewegs ins Innere seines Herzens. Und dies mit einem ganz und gar seelenlosen Ausdruck: mit Blicken aus dem Jenseits.

Die Monster klimperten ständig mit ihren schweren Lidern und zogen die schrägstehenden Brauen herab, was ihnen einen seltsam besorgten Ausdruck verlieh.

Doch dieser Ausdruck konnte nicht ernst gemeint sein: Er war bloß gespielt, damit schienen sich die Bestien über ihre Gegner lustig zu machen. Denn gefühllosere Augen hatte Florian seit seiner Bekanntschaft mit den schrumpfköpfigen Gehilfen der Schwarzen Göttin nicht mehr gesehen.

Am kahlen Hinterkopf der Ungeheuer gab es eine Reihe von unförmigen Höckern. Quasimodo, der buckelige Glöckner von Notre-Dame, hätte gegen die Biester wie ein männliches Model gewirkt. Jedenfalls saßen in diesen Höckern wohl die lebenswichtigen Organe, denn etwas, was einem Körper gleichkam, hatten diese Wesen nicht.

Und so wuchsen auch die langen Affenarme aus dem Hinterkopf heraus. Sie reichten bis zum Boden, und indem die Biester sich auf ihren drei Krallenfingern aufstützten, schwangen sie sich vorwärts. Die plumpen Beine, die ebenfalls mit gebogenen Krallen versehen waren, zogen sie dann nach. Auch diese Beine waren an der Rückseite des Kartoffelkopfes angewachsen: genau hinter dem Kinn nämlich. Und so wirkten die Monster in Bewegung stets so, als würden sie den wuchtigen Kopf mit den Armen und Beinen vorwärts schieben.

Florian und wohl auch Hongar nahmen all diese Einzelheiten in Bruchteilen einer Sekunde wahr. Sie lagerten sie in den Windungen ihres Gehirns, und sie kamen erst geraume Zeit später dazu, über diese Eindrücke nachzudenken.

Denn im Moment hatten sie alle Hände voll zu tun, den Angriff der Bestien abzuwehren.

Das Biest, das aus dem Krater direkt vor den Freunden gekommen war, schnüffelte mit der Erhebung zwischen den schrecklichen Augen, die anscheinend die Nase darstellte. Und tatsächlich schien es Florians Geruch aufgefangen zu haben.

Denn die Arme schnellten vor.

Stützten sich ab.

Und zogen die Beine und den Kopf nach, all dies in wahrer Blitzesschnelle.

Und im nächsten Moment hatten die Klauen Florian auch schon gepackt.

Die Krallen umschlossen seine Oberarme wie eiserne Zangen dünne, zerbrechliche Äste. Sie waren die unnachgiebigsten Fesseln, die man sich nur vorstellen konnte: Fesseln, aus denen es kein Entkommen gab. Und während Florian sich noch nicht vom ersten Schrecken erholt hatte, da rissen ihn die Klauen auch schon hoch in die Luft.

Der Junge strampelte wild mit den Beinen, er kickte nach seinem Gegner, denn er wollte dem Kartoffelgesicht einen möglichst harten Fußtritt versetzen. Aber noch bevor er so recht dazu ausholen konnte, spürte er voller Grausen, wie sich die klebrige Schlangenzunge um seine Knöchel wand. Und dann war er auch an den Beinen gefesselt.

Florian nahm all seine Kraft zusammen und versuchte, sich herumzuwerfen. Doch es war aussichtslos: Die Umklammerung des Monsters hielt bombenfest.

Am Rande seines Gesichtsfeldes erkannte Florian Hongar, der sich gleichzeitig mit zweien der Ungeheuer herumschlug. Der junge Hauptmann hatte sich anscheinend nicht so leicht wie Florian überrumpeln lassen. Er hatte geistesgegenwärtig reagiert, und so war es ihm gelungen, gerade noch rechtzeitig sein Schwert zu ziehen. Jetzt hieb er damit einmal nach links, dann nach rechts.

Noch schaffte es Hongar, sich die Bestien auf diese vom Leibe zu halten. Aber für wie lange noch? Und wo um Himmels willen war das vierte Monster? Würde es sich unvermutet von hinten auf Hongar stürzen?

Alles Fragen, die Florian durchs Gehirn rasten wie Stromstöße. Und gleichzeitig war sich der Junge im klaren, daß es um ihn selbst nicht gerade rosig stand.

Denn das Ungeheuer, das ihn in seinen Klauen hielt, zog ihn nun zu sich herunter, zog ihn näher an sich heran, an sein weit aufgerissenes Maul.

An die todbringenden Giftzähne, die im Licht des Geistermondes blitzten.

Und immer wieder stieß es eine Prise dieses Kohlenstaubs aus, der Florian in den Augen juckte und brannte und ihm die Luftröhre zu verstopfen drohte.

Der Junge hatte keine Chance, sich zu wehren. Ein, zwei Atemzüge noch, dann war es wohl um ihn geschehen.

Was hatte Hongar von den ekligen Schatten erzählt, die hinter dem Mond auf ihre Opfer lauerten? Daß es sich bei ihnen um eine Art Vampire handelte? Daß sie sich von menschlichem Blut ernährten?

Florian hatte es ja schon einmal mit Blutsaugern zu tun gehabt. Sie hatten ihn bis in seine Welt verfolgt und Philipp und ihm ganz gehörigen Trouble gemacht.* Dabei war's auch hart auf hart zugegangen; sein Freund und er hatten ganz schön in der Klemme gesessen. Aber so sehr auf der Kippe wie in diesem Augenblick hatte es doch nicht gestanden.

Denn jetzt berührten die Spitzen der Giftzähne schon fast Florians Hals.

Sie verharrten direkt über der pochenden Schlagader.

Sie ritzten die Haut.

Mein Gott, jetzt ist's aus mit mir! Das war das einzige, was Florian noch denken konnte.

Florians Hals und der Pelzkragen seiner Jacke waren schon ganz naß vom Speichel des Monsters. Und da die Feuchtigkeit in der kalten Luft sofort gefror, kam sich der Junge wie Tiefkühlkost vor.

Das Ungeheuer beugte seinen häßlichen Kopf zurück und riß das Maul noch weiter auf.

Florian wollte schreien, doch kein Laut kam aus seiner zusammengeschnürten Kehle.

Es war aus und vorbei, es war um ihn geschehen. Ihm konnte keiner mehr helfen.

Florian schloß die Augen und bereitete sich auf den Schmerz des Bisses vor.

* Vgl. Band 76 106: ›Das Geheimnis der fliegenden Schattenwesen‹

Ausgebissene Zähne

Es war Hongar, der Florian buchstäblich in letzter Sekunde das Leben rettete. Der junge Soldat hatte die bedrohliche Lage erkannt, in der sich sein Freund befand. Mit einem wütenden Brüllen hatte er sich um die eigene Achse geworfen. Er hatte all sein kämpferisches Können in einen gezielten Schwerthieb gelegt.

Für eines der beiden Monster, die es auf ihn abgesehen hatten, hatte dieser Schlag das Ende bedeutet. Danach zerschnitt die Klinge so schnell die Luft, daß das Auge eines Beobachters größte Mühe gehabt hätte, ihr zu folgen. Und schließlich fällte der Hauptmann den zweiten seiner brutalen Angreifer.

Doch all dies bekam Florian nicht mit. Denn das Ungeheuer schnappte tatsächlich zu – und biß sich an Hongars Klinge die Zähne aus. Und zwar im wahrsten Sinne des Wortes.

Hongar war nämlich klar, daß er seinen Freund nur noch durch ein äußerst waghalsiges Manöver retten konnte, nur wenn er das Äußerste riskierte. Was bedeutete, daß er – wenn sein Versuch fehlschlug – ebenso Florian verletzen konnte.

Doch darüber nachzudenken, war jetzt keine Zeit. Und so fackelte er nicht lang herum.

Er preschte auf Florian und das Monster zu.

Er packte den Griff seines Schwertes mit beiden Händen.

Er schätzte die Entfernung, er zielte so genau, wie dies beim Schwung seines Körpers überhaupt möglich war.

Dann streckte er die Arme mit der Klinge weit nach vorn.

Und millimetergenau schob er sie zwischen Florians Hals und die Zähne der Bestie.

Es gab ein metallisches Knirschen, als die Zähne auf den Stahl der Klinge trafen. Und dann ein extrem häßliches Geräusch: ein Kratzen, als ob Fingernägel über eine Tafel fuhren. Und dann ein Splittern, als die Zähne abbrachen.

Mit einem schrillen Schrei ließ die Kreatur von Florian ab. Die Affenarme fuhren nach oben, die Klauen umklammerten die Zahnstümpfe. Und so stand die Bestie auch nicht besonders fest auf dem Boden, als ihr Hongar mit dem Ellbogen einen harten Stoß versetzte.

Sie kippte rücklings in den Matsch aus Erde und geschmolzenem Schnee. Dort blieb sie ziemlich hilflos auf ihrem kartoffelförmigen Kopf liegen und strampelte mit den kurzen Beinen und langen Armen in der Luft herum.

Hongar wandte sich Florian zu. Er faßte den Jungen unters Kinn und hob seinen Kopf. Dann schaute er ihm in die Augen, in denen immer noch die Angst saß.

»Bist du in Ordnung?« fragte er.

Florian mußte ein paarmal schlucken, bevor er ihm antworten konnte.

»Ich bin … okay«, sagte er. »Keine Sorge …!«

»Das war …« Verständlicherweise war Hongar noch ziemlich außer Atem. »Das war … wirklich knapp.«

Florian nickte. Er wollte sich bei seinem Freund für

den Beistand in höchster Not bedanken; am liebsten hätte er ihn einfach umarmt und sich an ihn gedrückt. Aber Hongar schaute sich schon wieder hektisch um. Die Gefahr schien zwar gebannt zu sein, aber jeden Moment mußte der Mond untergehen, und dann würde es für zwölf Stunden stockfinster sein. Ganz klar, daß Hongar dann lieber so weit wie möglich von diesem Ort entfernt wäre.

»Komm!« bestimmte er kurzerhand. »Reden können wir immer noch.« Er warf einen letzten Blick auf das Monster, das immer noch auf dem Boden zappelte, und stellte fest: »Ohne seine Zähne wird uns dieses Biest hier wohl nicht mehr gefährlich werden. Laß uns jetzt von hier verschwinden!«

In der einen Hand lag sein Schwert, mit der anderen schob er Florian in Richtung des Ballons. Der Junge folgte dem Befehl des Älteren, aber er war immer noch so benommen von dem, was er soeben durchgestanden hatte, daß er blindlings vorwärts stolperte.

Ein Großteil des Schmelzwassers war mittlerweile versickert. Aufgrund der bitteren Kälte überzog ein feiner Film aus Eis die aufgeworfene Kruste des Bodens. Um ein Haar wäre Florian ausgerutscht, doch Hongar griff ihm reaktionsschnell unter die Achsel und bewahrte ihn auf diese Weise davor, hinzufallen.

Dann waren sie am Ballon.

»Los! Hinein mit dir!«

Florian setzte den rechten Fuß auf eine der verstärkten Stellen am Korb. Hier stand das Geflecht etwas hervor, um den Einstieg zu erleichtern. So kletterte der Junge nach oben, und Hongar schob ihn am Hintern an.

»Ich hol' das Seil ein!« rief der junge Hauptmann. Er sprang zu dem Stein, um den Florian bei ihrer Landung das Tau geschlungen hatte.

Nur weg von hier! dachten Florian und Hongar

gleichermaßen. Was sie aber beide in der Aufregung völlig vergessen hatten, war das *vierte* Vampirmonster.

Sie hatten es vorhin gleich einem Meteoriten zur Erde sausen sehen. Und sie hatten miterlebt, wie es kurz darauf aus dem Einschlagskrater emporgewachsen war.

Dann war das Ungeheuer in der Hitze des Gefechts verschwunden. Und jetzt mußte es irgendwo in der hereinbrechenden Dunkelheit auf sie lauern.

Doch daran dachte in diesem Moment keiner von ihnen.

Und das wurde ihnen nur wenige Momente später fast zum Verhängnis.

Hypnoseaugen

Seit ihrer Landung war der Wind heftiger geworden. Die dunklen Nachtwolken jagten über den Himmel wie bei einem wilden Hexentreffen, als würde es Sturm geben in dieser Nacht. Mit klammen Fingern löste Hongar das Tau von dem Felsen. Das war gar nicht so einfach, denn das Seil war inzwischen angeeist. Der junge Hauptmann mußte zwei-, dreimal kräftig daran ziehen, bevor er den Knoten aufbekam.

Dann wandte er sich wieder dem Ballon zu.

Er betrachtete die schwarzen Wolken mit gerunzelter Stirn. Er war sich bewußt, wie rasch nun das letzte Licht des Geistermondes schwand.

Und dann zuckte er zusammen. Was … was war da im Ballon? Direkt hinter Florian?

Ein Schatten, der sich erhob …

Der immer größer, immer bedrohlicher wurde …

»Florian!« rief Hongar. »Vorsicht! Hinter dir!«

Und dann beging er einen entscheidenden Fehler: Vor lauter Schreck ließ er das Tauende los.

»Vorsicht!« schrie er nochmals. Und dann rannte er los.

Florian seinerseits fuhr herum. Und starrte in das weit aufgerissene Maul des vierten Monsters.

Die neuerliche Gefahr rüttelte den Jungen schlagartig wieder wach. Florian schrie auf, als er sah, wie das Ungeheuer seine Klauen auf- und zuklappte: wie bei einem Greifarm eines Weltraumroboters.

Kein Zweifel: Das Monster wollte nach ihm schnappen, wollte ihn wie das andere vorhin in seine Gewalt bekommen!

Aber er hatte aus dem Kampf mit jener Bestie gelernt, die nun keine Beißerchen mehr hatte. Er wußte, wenn ihn das Monster erst einmal gepackt hat, hatte er null Chancen!

Um der abscheulichen Kreatur zu entkommen, mußte er schneller und cleverer sein als sie.

So holte Florian flink aus und knallte seine Rechte auf die Nase des Ungeheuers. Ein Quietschen, das Florian in den Ohren weh tat, erfüllte die Luft. Aber er wartete keine Sekunde ab, um das weitere Ergebnis seines Schlages zu begutachten. Er duckte sich und tauchte behende unter den Affenarmen des Monsters durch.

Schräg hinter dem Ungeheuer kam er wieder zum Stehen. Rasch riskierte er einen Blick über den Rand des Korbes.

»Nein! Verdammter Mist!«

Voller Verzweiflung hatte Florian diese Worte hervorgestoßen. Kurz zuvor, als er dem Monster ins grausige Antlitz geblickt hatte, war ihm Angst in die Glieder gefahren. Nun aber erfaßte ihn helle Panik.

Denn während des kurzen Kampfes war der Ballon gestiegen: ein paar Meter nur, aber Florian konnte spüren, wie sich der Auftrieb des Luftgefährts immer mehr beschleunigte.

Unten auf der Erde rannte Hongar in seine Richtung. Er gestikulierte herum, rief etwas, was Florian im Brausen des Windes nicht verstehen konnte. Und er sah nicht …

»Das Tau!« brüllte Florian.

Er hatte sich weit über den Rand des Korbes gebeugt und wedelte mit den Armen, um seinen Freund auf etwas aufmerksam zu machen, was doch eigentlich ohnehin sonnenklar war: Der Ballon zog das Seil, das Hongar vom Fels losgebunden hatte, mit sich in die Höhe.

»So schau doch! *Das Tau*!«

Noch schleifte das Seil am Boden.

Aber gleich … nein: *Jetzt* befand sich das lose Ende bereits in der Luft.

Gar nicht so weit weg von Hongar. Noch müßte es ihm gelingen, es zu fassen zu kriegen.

Noch …

Und jetzt schien Hongar auch zu verstehen, was Florian meinte. Im Laufen schaute er sich um.

Er entdeckte das Tau, dessen Ende ein Stück vor und schon fast zwei Meter über ihm in der Luft hing.

Da steckte Hongar sein Schwert in die Scheide und sprintete los.

Er holte alles aus sich heraus.

Hob die Arme über den Kopf.

Und stieß sich zu einem waghalsigen Sprung ab.

Aber Florian konnte nicht mehr sehen, ob es seinem Freund gelungen war, das lose Seilende zu erreichen. Denn gerade, als Hongar zu seinem Sprung ansetzte, wurde der Junge an den Schultern gepackt und herumgerissen.

Logischerweise hatte der eine Schlag von Florian das Monster nicht völlig außer Gefecht gesetzt.

Eher im Gegenteil: Er hatte es noch wütender gemacht.

Die seelenlosen grünen Augen schickten Blitze der Verderbnis auf Florian zu: Gedanken ohne Mut, Gedanken der absoluten Hoffnungslosigkeit.

Gib auf! schienen sie zu sagen. *Du hast keine Chance!*

Du kannst mich nicht besiegen! Laß es also gut sein: Gib mir dein Blut …!

Florian war mit einemmal ganz schwummerig zumute, als ob Nebelschwaden die Wirkung seines Gehirns durchziehen würden. Und diese Schwaden lähmten seinen Körper, hemmten seinen Willen.

Florian konnte den Blick nicht von diesen pupillenlosen Augen wenden, wie hypnotisiert starrte er seinen Gegner an. Das Grün kam ihm dabei so bodenlos vor wie die allertiefste Meeresspalte. Und ihm war, als würde ihn eine namenlose, eine dunkle Macht dort hineinziehen.

Das hätte er sich doch wirklich denken können, daß es mit diesen seltsamen Augen etwas auf sich hatte! Daß sie auf ihre ungewöhnliche Art eine Waffe darstellten, die das Monster nun gegen ihn einsetzte!

Das Problem war nur, daß Florian zu diesem Zeitpunkt gar nicht zum Denken fähig war.

Daß er wie steifgefroren dastand, wie mit dem Rücken an den Korb genagelt. In diesem Moment hätte er sich bestens in eine Riege von Zombies eingefügt, in die Zahl der Schrumpfkopfmonster der Schwarzen Göttin oder in eine Gruppe von Xarthos' mechanischen Kindern.

Er nahm nicht wahr, was sonst noch um ihn herum vorging.

Nicht, daß der Ballon in der Zwischenzeit auf gut zwanzig Meter gestiegen war.

Nicht, daß es Hongar doch noch gelungen war, das Seil zu fassen zu kriegen. Daß er jetzt aber hilflos zwischen Himmel und Erde hing.

Nicht, daß die reptilienartige Monsterzunge dem Jungen entgegenzüngelte. Daß sie sich ihm um den Hals legte, einmal, zweimal, dreimal wie ein klebriges Band.

Und ihm war auch nicht bewußt, daß es ihm erging

wie einem in die Enge getriebenen Tier, wie dem Insekt vor dem Chamäleon, wie der Maus vor der Katze, wie dem Kaninchen vor der Pythonschlange.

Er starrte unverwandt in die Augen des vampirhaften Ungeheuers. Und bekam dabei nicht mit, daß sich nun schon wieder die Nagelzähne seinem Hals näherten.

Der Kampf im Ballon

Hätte sich das Monster damit begnügt, Florian jetzt einfach das Blut auszusaugen, hätte es wohl niemand mehr von seinem bösartigen Vorhaben abhalten können. Aber das Biest gab sich damit nicht zufrieden.

Und das war eine Riesendummheit.

Aber gleichzeitig ein Glück für Florian. Auf diese Art und Weise weckte ihn das Ungeheuer nämlich aus seiner Lähmung auf.

Die Kreatur fing an, ihren ganzen Kartoffelkopfkörper ordentlich durchzuschütteln. Es war wohl so, daß sie dadurch all den Staub, der sich in ihr angesammelt hatte, in die Lungen zu kriegen versuchte.

Dann holte sie so tief Luft, daß sie Florian damit sogar die Pelzmütze vom Kopf sog.

Und schließlich wiederholte das Monster den Trick mit dem Kohlenstaub. Vorhin hatte ihn schon das andere Ungeheuer angewandt, um den Jungen in die Knie zu zwingen. Und auch jetzt bekam Florian von seinem Gegner eine gehörige Ladung direkt in die vor Schreck geweiteten, in die hypnotisch gebannten Augen geblasen.

Der Schmerz, der auf diesen Puster folgte, war enorm.

Es war ein Schmerz, als hätte ein garstiger Giftmischer einen Schöpflöffel seines ätzendsten Gebräus Florian ins Gesicht geschüttet.

Kein Wunder, daß dieser gewaltige Schmerz Florian aus seiner Erstarrung riß. Daß es seinem Herzen einen Stoß versetzte und ihm das Blut durch die vereisten Adern jagte.

Mit einem Wort: Es kam wieder Leben in den Jungen. Und der Wille, sich so leicht nicht geschlagen zu geben.

Und geradezu überschallmäßig schnell begann Florian mit einem Überraschungsangriff.

Er packte die Schlangenzunge und riß sie sich vom Hals. Dann drosch er auf das Monster ein, trommelte mit beiden Fäusten auf das Ungeheuer los. Das Biest war total übertölpelt, es hatte mit keiner Gegenwehr mehr gerechnet. So hatte Florian diesen Vorteil voll auf seiner Seite.

Die Bestie taumelte erst einmal ein paar Schritte zurück. Sie schnaubte wie ein erschöpfter Bulle, sie schlang die langen Arme um den Kopf. Sie wollte offensichtlich mit den Klauen ihr Kartoffelgesicht schützen.

Aber plötzlich ruckte ein Monsterarm nach vorn, und die Klauenhand zerfetzte Florian mit einem einzigen Streich die dicke Jacke. Einem zweiten Hieb konnte der Junge gerade noch ausweichen. Und ein dritter sauste so dicht über seinem Kopf hinweg, daß Florian den Luftzug spüren konnte.

Der Junge reagierte rasch und ohne viel zu überlegen. Er rammte sein Knie gegen das Kinn des Ungeheuers und machte so der Attacke ein Ende.

In dem Gesicht des Monsters schienen für einen Moment die Augen, der Mund und die Nase durcheinanderzupurzeln, und Florian konnte ein wenig verschnaufen. Der Junge atmete heftig, die eisige Luft stach in seine Lungen. Unter seiner warmen Jacke war er schweißüberströmt. Als nun durch die Krallenrisse die Kälte dazukam, überzog eine Gänsehaut Florians ganzen Körper. Seine Zähne schlugen wie verrückt aufeinander.

Inzwischen blitzte in den grünen Augen des Monsters ein verschlagener Ausdruck auf. Allem Anschein nach führte es etwas im Schilde. Und Florian hätte besser seine Taktik überdacht.

Aber dies kam dem Jungen nicht in den Sinn. Er war so zornig, daß er sich selbst kaum wiedererkannte: War das wirklich *er*, der hier vor Wut fast ausflippte? Der seinen Gegner attackierte wie der Boxweltmeister höchstpersönlich?

Florian setzte eben wieder an, um mit seinem Angriff auf das ekelige Biest vor ihm fortzufahren. Da ließ sich das Ungeheuer abrupt auf den Hinterkopf fallen. Es rollte zurück, und Florian, der dieses Manöver nicht vorhergesehen hatte, schlug ins Leere.

Dadurch verlor er das Gleichgewicht und ging nun seinerseits in die Knie.

Und dem Monster auf diese Weise geradewegs in die Falle.

Denn das Biest hatte beim Zurückrollen seine plumpen Beine von sich gestreckt. Es hatte nur darauf gewartet, daß Florian genau dazwischen zu Boden ging. Und als es merkte, wie die Knie des Jungen einknickten, griff es mit seinen Klauen zu.

Die Fußkrallen umklammerten seinen Unterschenkel. Mit den Klauenfingern packte das Monster Florians Arme. Und dann stemmte es den Jungen wie ein Fliegengewicht in die Höhe.

Ein schauriges Lachen kam aus dem Monstermaul. Es klang wie die Mischung aus dem Grunzen eines Ebers und dem Rasseln einer Klapperschlange. Und in etwa so gefährlich war es wohl auch.

Florian versuchte, sich zu befreien. Aber sosehr er sich auch gegen das Monster stemmte, der Griff lockerte sich keinen Millimeter. Zudem hatte der Junge keine Kraft mehr in den Gliedern; er war total erschöpft, völlig ausgepumpt.

Da traf ihn eine schallende Ohrfeige. Unwillkürlich heulte Florian auf. Sein linkes Ohr und die Wange brannten wie Feuer. Ungläubig starrte er dann auf das Monster. Es hielt ihn doch mit Händen und Füßen. Womit hatte es ihn dann aber geschlagen?

Die Zunge! Aber natürlich! Das war es: Mit seiner gespaltenen Zunge hatte ihn das Biest geohrfeigt.

Jetzt schlängelte sich diese Zunge wieder auf seinen Hals zu, fast schon berührte die Spitze seine Haut. Und diesmal, das war Florian klar, würde ihm die Kreatur keine Gelegenheit geben, sich aus ihrer Umklammerung zu befreien.

Da erklang ein Schrei, übertönte das Sausen des Windes und das Rauschen des Blutes in Florians Ohren.

»Florian! Halt durch! Ich komme!«

In Windeseile schaute sich Florian um. Es war Hongar, der ihm dies zugerufen hatte. Die ganze Zeit war Florian im ungewissen gewesen, ob es der junge Hauptmann schließlich doch noch geschafft hatte, das Seil zu fassen. Und ob es ihm dann auch noch gelingen würde, bis zum Ballonkorb hochzuklettern. Welch übergroße Kraftanstrengung mußte ihn das gekostet haben!

Zwar befand sich Florian immer noch in der Gewalt des Ungeheuers. Dennoch durchflutete eine Welle der Erleichterung seinen Körper. Drei, vier Sekunden, dann würde Hongar bei ihm sein! Und dann wäre auch er, Florian, gerettet!

Daß der Junge in seiner Freude zu vorschnell war, sollte sich jedoch gleich erweisen!

Hongars Kopf lugte schon über den Rand des Korbes, und mit den Fingern krallte er sich am Geflecht fest. Florian sah, wie der junge Hauptmann die Zähne zusammenbiß und wie sein Gesicht rot anlief, als er sich langsam hochzustemmen versuchte.

Doch er kam nicht dazu. Und alles passierte so schnell, daß Florian gar nicht wußte, wie ihm geschah.

Ein Schrei schrillte aus dem Maul des Monsters, als wäre direkt neben Florian eine Sirene losgegangen.

Dann schleuderte das Ungeheuer den Jungen von sich.

War mit einer einzigen, beinahe akrobatischen Hüpfbewegung wieder auf den Beinen.

Preschte auf Hongar zu.

Streckte die Arme nach ihm aus.

Vollführte einen Hechtsprung über den Rand des Korbes.

Und riß Hongar mit sich in die Tiefe.

Am Seil

Florian kam in einer Ecke des Korbs zum Liegen. Mit Oberarm und Schulter polterte er gegen eine schwere Lattenkiste, in der Vorräte gelagert waren. Der Schmerz, der ihn durchzuckte, war nicht von schlechten Eltern, aber der Junge biß die Zähne zusammen und rappelte sich hoch. Und dann stürzte er zum Rand, wo Hongar und die Bestie zusammen über Bord gegangen waren.

Florian beugte sich vor und spähte nach unten. Und was er sah, ließ seinen Atem stocken.

Anscheinend war der Ballon während des gesamten Kampfes gestiegen, denn sie befanden sich nun bereits in beträchtlicher Höhe. Ein Sturz in die Tiefe hätte Hongars sicheren Tod bedeutet.

Doch der junge Hauptmann hatte sich auch dieses Mal an dem Seil festhalten können. Seine langen Haare flatterten wie kleine gelbe Flammen im Wind. Mit seinem hellgrünen Wams wirkte er wie ein kleiner, heller Fleck, der in der schattenreichen Düsternis zwischen Himmel und Erde baumelte. Das Problem war nur: Er war nicht allein!

Mit ihm hing dort nämlich auch das Monster mit der Kartoffelfratze. Oder besser: Es hing *an* ihm!

Das Ungeheuer hatte seine gelenkigen Arme um Hongars Leib geschlungen. Es schlug ihn, es schnappte nach ihm, es kratzte ihn. Und dazu dieses schauerliche Geheul, das der Wind durch die Luft trug! Die Bestie versuchte wirklich alles monstermögliche, Hongar dazu zu bringen, das Tau loszulassen.

Und der junge Hauptmann hatte keine Hand frei, um sich zu wehren. Ab und zu versetzte er seinem Gegner einen raschen Faustschlag. Aber dann brauchte er auch schon wieder *beide* Hände, um nicht vom Seil abzurutschen.

Da sah Florian, wie die Schlangenzunge aus dem Maul des Ungeheuers hervorzukriechen begann. Er wußte, was das bedeutete, er hatte es bereits am eigenen Leib erlebt. Und tatsächlich: Die klebrige Zunge hatte sich bereits einmal um Hongars Hals gewunden.

Der Soldat setzte zur verzweifelten Gegenwehr an. Obwohl er dadurch die Gefahr abzurutschen vergrößerte, bemühte er sich, mit einer Hand an sein Schwert zu kommen. Anfangs schien das Monster keine Notiz von seinen Versuchen zu nehmen.

Und schon hatte Hongar den Griff gepackt.

Schon hatte er die Klinge aus der Scheide gezogen.

Da holte die Kreatur weit aus und hieb ihm mit einer Klauenpranke aufs Gelenk jener Hand, mit der sich der Hauptmann am Seil festhielt.

Hongar schrie auf. Für einen Augenblick war alle Kraft aus seiner Hand und dem Arm gewichen. Er ließ das Tau los.

Für einen endlos langen Moment schien Hongar ohne Halt zwischen Himmel und Erde zu schweben. Florian, der die ganze Aktion vom Ballon aus beobachtete, biß sich vor Nervosität die Unterlippe blutig.

Dann aber ließ Hongar das Schwert fallen. In allerletzter Sekunde gelang es ihm, mit der unverletzten Hand nach dem Seil zu greifen und sich festzuhalten.

Und das Schwert? Es blitzte auf, als es durch die Dunkelheit zu Boden fiel, als wollte es seinem Besitzer auf diese Weise einen Abschiedsgruß zusenden.

Selbst aus der Entfernung zwischen Hongar und ihm konnte Florian die Wut geradezu fühlen, die von dem jungen Soldaten nun Besitz ergriff. Hongar war nun anscheinend bereit, alles zu riskieren! Er hatte das Seil um seine Stiefel geschlungen und es dann dazwischen festgeklemmt, soviel konnte Florian erkennen. Und nun ließ er es mit den Händen los, fing an, mit beiden Fäusten auf das Monster einzudreschen. Wie ein Hagelschauer prasselten seine Schläge auf das Ungeheuer ein. Und dabei stürzte Hongar abermals ab.

Die Szene spielte sich vor Florians Augen wie in Zeitlupe ab. Hongars Körper beschrieb eine seltsame Drehung in der Luft. Und mit ihm das Monster, das fürchterlich quietschte. Bei diesem Anblick setzte Florians Herz einen Moment lang aus: Würde das Seil zwischen den Stiefeln fest genug sitzen?

Ein scharfer Ruck, aber das Seil hielt. Und Hongar baumelte mit dem Kopf nach unten in der Luft. Das Ungeheuer wurde durch die Wucht, mit der das Tau den Fall abbremste, zur Seite gerissen und ein paarmal hin und her geschleudert. Freilich klammerte es sich immer noch an Hongar. Und dann begann es schon wieder, ihn mit seiner Zunge und den Klauen zu malträtieren.

Ein schwacher Schrei drang mit einemmal bis zu Florian: ein Schrei, in dem echte Todesangst lag.

»Hilf mir! Florian! Bitte!«

Hongar war wohl bewußt, daß er sich nicht mehr viel länger halten konnte. Ein paar Sekunden noch, und das Monster hätte sein Ziel erreicht.

Aber verdammt, was soll ich tun, dachte Florian voller Panik. Da hinunterzuklettern, das konnte er gleich vergessen. Er würde es wahrscheinlich nicht einmal schaffen, sich eine Minute lang an dem Seil zu halten.

Also, was sonst? Sie hatten noch ein paar Schwerter an Bord, aber die konnte er auf die Entfernung nicht einsetzen. Florian könnte eine brennende Fackel nach unten schleudern, das wäre auch eine Möglichkeit. Doch damit könnte er auch Hongar treffen, und das war viel zu gefährlich. Und sonst hatte er absolut nichts, das ...

Aber halt! Er besaß *doch* eine Waffe! Eine ganz eigene Art von Waffe, die ihm schon in vielen gefährlichen Situationen beigestanden hatte. Er hatte ... seinen gläsernen Stein.

Florians Hand fuhr unter seine Jacke. Dort hing wie immer an einem Band der Beutel mit dem gläsernen Stein um seinen Hals. Mit einem schnellen Griff umfaßte der Junge den Stein.

Bläulich schimmerte er im Zwielicht der Geisterwelt, als Florian ihn für einen kurzen Augenblick in der Hand wog. Hilf Hongar! bat er seinen Stein im stillen. Steh ihm bei! Rette ihn vor diesem Scheusal!

Dann kniff Florian die Augen zusammen. Erst jetzt, als er so genau wie möglich zu zielen versuchte, fiel ihm auf, daß die heftigen Bewegungen am Seil den Ballonkorb immer wieder hin und her rucken ließen. Immer wieder peitschte eine Bö gegen den Ballon, und die ganze Zeit knatterte und ratterte der Wind in der Takelage. Kurz gesagt: In dieser Situation ein Ziel wie das Monster zu treffen war fast ein Ding der Unmöglichkeit.

Und trotzdem mußte Florian es versuchen.

Tief unter ihm hatte der Kampf seinen Höhepunkt erreicht. Hongar schien so verzweifelt, daß er bei seinen Versuchen, sich gegen das Monster zur Wehr zu setzen, immer unvorsichtiger wurde. Noch hielt das Seil zwischen seinen Stiefeln, aber immer wieder rutschte er ein paar Zentimeter weiter nach unten. Und das Ende des Taus befand sich nur noch eine halbe Manneslänge unter ihm!

Da hob Florian die Hand, in der sein Stein lag.

Führte sie bis über den Kopf zurück.

Nahm nochmals sein Ziel ins Auge.

Und stockte mitten in der Bewegung.

Denn in diesem Augenblick kam ihm ein Verbündeter zu Hilfe, an den er gar nicht gedacht hatte: Die Dämmerung, die den Aufgang und den Untergang des Geistermondes begleitete, setzte ein.

Das Gleißen und Glitzern der Lichter am Himmel.

Das Strahlen von Tausenden von sterngleichen Punkten. Das Leuchten, das Flackern, das Löcher in die Dunkelheit brannte.

Und das Monster ganz gehörig ablenkte.

Denn irgendwie schien das Ungeheuer die Geisterdämmerung nicht zu vertragen. Sein häßlicher Kopf zuckte herum, es heulte so laut auf wie noch nie zuvor. Es reckte die Arme dem Himmel zu, als wollte es den guten Mächten, die in der Dämmerung wohnten, damit drohen. Und es klapperte mit den Klauen, als glaubte es, sie dadurch einschüchtern zu können.

Was es dabei aber vergaß, war, sich weiter an Hongar festzuklammern. Lediglich mit einem seiner plumpen Beine hatte es sich noch am Seil festgekrallt.

Und der junge Hauptmann nützte die winzige Chance, die sich ihm bot.

Denn kaum hatte sich die Klebezunge von seinem Hals gelöst …

Kaum hatte das Monster die Klauen aus seinem Wams gezogen …

Da versetzte der junge Soldat dem Ungeheuer eine Reihe von beinharten Schlägen. Und plötzlich hatte auch er seinen gläsernen Stein in der Hand. Er preßte ihn auf den Fuß des Monsters. Und zuckte erschrocken zurück, so prompt kam die Reaktion des Ungeheuers.

Der Stein schien das Scheusal zu verbrennen. Rauch stieg auf, und ein fürchterlicher Gestank verbreitete sich. Und all dies passierte in einem wahren Affentempo!

Das Monster brüllte auf. Es riß den Fuß vom Seil und dem gläsernen Stein weg. Aber zu spät: Die Kraft des gläsernen Steins hatte bereits von ihm Besitz ergriffen. Sie saß schon *in* seinen Gliedern, *in* seinem Kopf, der gleichzeitig sein Körper war.

Es zerriß das Ungeheuer, das vorher noch einmal aufflammte wie die Strahlen der Dämmerung.

Ein Schrei klang auf, der schon keine Kraft mehr hatte.

Ein Knall, als würden hundert Silvesterböller zur gleichen Zeit abgefeuert.

Ein weißer Wirbelwind, wo gerade noch das Ungeheuer gewesen war.

Und dann war das Biest verschwunden.

Florians Herz hämmerte immer noch in seiner Brust. Es würde geraume Zeit brauchen, bis es sich wieder völlig beruhigt hatte. Florian sah, wie Hongar langsam am Seil hochzuklettern begann. Dabei konnte er seinem Kameraden nicht helfen, er hatte ganz einfach nicht die Kraft, um das Seil mitsamt Hongar hochzuziehen. Statt dessen legte er rasch ein paar Decken für seinen Freund bereit. Hongar war sicher auch total erschöpft, er würde sich um ihn kümmern müssen.

Florian atmete tief durch, er schloß die Augen: Es war überstanden! Und wenn er mit sich selbst ehrlich war, mußte er zugeben, es war ein Wunder, daß sie beide noch am Leben waren.

Dann hob der Junge den Blick. Die Dämmerung war verblaßt. Die Schwärze der Nacht hatte bereits die letzte Ahnung des Farbenspiels am Geisterhimmel zerfressen.

Und mit dem Ende der Dämmerung war auch das Ende des Ungeheuers besiegelt gewesen.

Die Geister der Toten

Aus verständlichen Gründen verbrachten Florian und Hongar diese Nacht im Ballon: Sie fühlten sich dort oben einfach sicherer als auf dem Erdboden. Denn die vier Monster, die sie gerade in diesem furchtbaren Kampf besiegt hatten, waren sicher nicht die einzigen ihrer Sorte gewesen.

»Glaubst du«, fragte Florian, »daß es auch solche Biester waren, die Harald und die anderen entführt haben?«

»Das ist wohl anzunehmen«, antwortete Hongar. »Diese verwischten Spuren im Schnee waren wohl von ihnen!«

Die beiden Freunde saßen in einer Ecke des Ballonkorbes, der aufgrund ihres Gewichts ein wenig auf dieser Seite geneigt war. Sie hatten von ihren Vorräten gegessen und sich dann in alle Decken gewickelt, die sie finden konnten. Über ihnen war an einem Tau eine Laterne angebracht, die leicht im Wind schaukelte. Außer einem leisen Quietschen, das sie dabei verursachte, war es ganz still.

Gelbliche Lichtfetzen huschten über Hongars Gesicht, als sich Florian ihm zuwandte.

»Sag mal«, meinte der Junge: »Du wolltest mir vorhin doch diese Legende erzählen. Über die Blutsauger, über diese Vampire …«

Hongar nickte. »Mit denen wir's ja auch tatsächlich zu tun bekommen haben …«

»Wer … wer sind die denn? Woher kommen sie? Und wer …« Florian stockte, bevor er weitersprach. »Wer hat sie eigentlich geschickt?«

Hongar hatte den Blick in die Dunkelheit gerichtet, er fixierte dort einen unsichtbaren Punkt. Es dauerte eine Weile, bis er dem Jungen antwortete. »Kannst du dir das nicht denken, wer sie geschickt hat?«

»Der … der Herrscher des Bösen?«

»Ja … Sie gehören zu seiner Truppe. Sie unterstehen seiner Macht …«

Da forderte Florian den jungen Hauptmann auf: »Erzähl mir den Rest der Legende! Erzähl mir alles, was du weißt!«

Und mit rauher Stimme, die in der Finsternis der Geisternacht flüsternd und geheimnisvoll wirkte, kam Hongar der Bitte seines Freundes nach.

Die vampirhaften Kreaturen, mit denen sie es zu tun gehabt hatten, waren nichts anderes gewesen als die Geister von Toten. Sie hatten zeitlebens dem Bösen gedient und waren deshalb nicht in die Dämmerung eingegangen. Die Dämmerung und die Macht des Guten, die darin wohnte, waren deshalb auch ihre größten Feinde, wie Florian und Hongar ja mit eigenen Augen gesehen hatten. Allein vor der Dämmerung empfanden die Biester Furcht.

Nun strebten die grausigen Kreaturen ihre widernatürliche Rückkehr ins Leben an. Der verderbliche Einfluß des Herrschers des Bösen spielte eine Rolle, wenn die toten Seelen als himmlische Vampire wiedergeboren wurden. Sie dürsteten nach menschlichem Blut, das sie zu nähren und zu wärmen vermochte. Sie lauerten hoch am Himmel, als schwarze Schatten hinter dem Mond. Sobald sie ein mögliches Opfer erspähten, stürzten sie sich von dort aus auf die Erde und zeigten kein Erbarmen mit ihm.

»Aber wie gesagt«, schränkte Hongar ein, »das ist nur eine Legende.« Wobei er freilich in Gedanken hinzufügte: Wie die vom Panthergott, die sich dann auch als wahr erwiesen hat! Doch wie um seine eigenen Überlegungen zu widerlegen, sagte er laut: »Bis zum heutigen Tag hat jedoch niemand diese Biester *wirklich* zu Gesicht bekommen ...«

Florian lachte bitter. »Oder« rief er, »es hat keiner die Begegnung mit ihnen überlebt!«

Nach einer Pause sagte Hongar: »Keiner außer uns ...«

Florian spürte ein Brennen in den Augen, als hätte sich dort ein Partikelchen des Kohlenstaubs aus den Lungen des Monster verfangen. »Und außer Harald und Lisa und Quassel«, flüsterte er. »Hoffentlich ...«

»Ach komm, mach dir keine Sorgen um sie! Ich schätze, sie sind von den Vampirmonstern gefangen worden. Aber sie sind sicher wohlauf! Sonst hätten die Ungeheuer sie doch nicht mit den Schlitten weggebracht!«

Hongar gab sich große Mühe, Florian zu beruhigen. Dennoch konnte er nicht verbergen, daß er selbst keineswegs so zuversichtlich war, wie er nach außen zeigte. Dem Jungen erschien das Argument seines Freundes aber logisch: Hätten die Vampire Harald und die anderen getötet, dann hätten sie das doch gleich an Ort und Stelle getan!

»Komm«, sagte Hongar und legte Florian den Arm um die Schultern. »Komm zu mir. Ich halt' dich fest ...!«

Florian rückte näher und lehnte sich an den Freund. Es tat ihm gut, die Wärme, die Kraft und Entschlossenheit des jungen Soldaten zu spüren. Fast kam sich Florian wieder als kleiner Junge vor, der sich an seinen Vater kuschelte und sich dabei so beschützt und sicher fühlte wie sonst nirgends in der Welt.

Florian erinnerte sich, daß er als Kind einmal sehr krank gewesen war. Er hatte hohes Fieber und eine ganze Nacht lang immer wieder Anfälle von Schüttelfrost gehabt. Seine Eltern hatten sich an seinem Bett abgewechselt. Sie hatten ihm die Hand gehalten, sie hatten ihm von Zeit zu Zeit mit einem Tuch die heiße Stirn abgewischt. Sie hatten über ihn gewacht, als er in seinen Fieberträumen redete. Und damals war sich Florian sicher gewesen: Nie und nimmer hätten sie es zugelassen, daß ihm etwas passiert wäre!

Nun war sein Vater tot, und seine Mutter war in einer anderen Welt. Florian war sich bewußt, daß er auf sich allein gestellt war. Aber er hatte Freunde wie Hongar, die zu ihm hielten. Und als der junge Hauptmann wieder zu sprechen ansetzte, legten sich seine Worte über Florians Erinnerungen.

»Du weißt doch«, sagte Hongar, »daß ich als Kind meine Eltern verloren hab'. So wie du deinen Vater ...«

Anscheinend hatten sich Hongars Gedanken in dieselbe Richtung bewegt wie Florians. Der Junge nickte nur.

»Ich habe keine Familie mehr«, fuhr Hongar fort. »Alles, was mir geblieben ist, sind meine Freunde. Und die lass' ich nicht im Stich!« Wie um seine Worte zu bekräftigen, drückte er Florians Schulter. »Wo immer diese Scheusale sie hingebracht haben: Wir holen sie dort wieder raus, das versprech' ich dir!«

Florian hatte wieder etwas Mut geschöpft. Hongar hatte recht: Es war ihnen gelungen, die Monster zu besiegen. Warum sollten sie nicht auch Erfolg haben, wenn es galt, ihre Freunde zu befreien?

Die Anstrengungen des Tages waren groß gewesen, und das leichte Schaukeln des Ballons machte Florian schläfrig. Er merkte, daß er die ganze Zeit schon mit seinem silbernen Ohrring gespielt hatte. Plötzlich zog ein Lächeln über seine Lippen: Der Ohrring war ein Geschenk von Lisa. Sie hatte ihn ihm auf ihrer Reise zum Wald der Schwarzen Göttin gegeben, und Florian hatte sich in seiner Welt ein Loch dafür stechen lassen, ohne mit seiner Mutter darüber zu reden. Das hatte vielleicht ein Donnerwetter gegeben! Und bis zum heutigen Tage war es Florian nicht gelungen, seine entsetzten Großeltern davon zu überzeugen, daß auch für Jungen Ohrringe okay waren. Nur Philipp und Florians Mitschüler hatten den silbernen Ring echt cool gefunden.

Lisa hatte Florian mit ihrem Geschenk zeigen wollen, wie gern sie ihn hatte. Der Junge hatte ihr versprochen, den Ohrring immer zu tragen. Denn er empfand für Lisa genausoviel Zuneigung wie sie für ihn. Und nun befand sich das Mädchen, befand sich seine Freundin in der Gewalt der Vampire und somit in höchster Gefahr.

Der Wind zog und zerrte an den Seilen des Ballons, aber hier unten im Korb waren sie geschützt vor seiner Wucht. Das rötliche Glühen des gläsernen Antriebssteins erhitzte die Luft im Ballon; es würde dafür sorgen, daß sie diese finstere Nacht heil überstanden. Trotz der Sorgen, die er sich um seine Freunde machte, fühlte sich Florian in diesem Moment geborgen; in Hongars Armen fühlte er sich beschützt wie damals, als seine Eltern an seinem Krankenbett wachten.

»Wir werden … sie retten!« Florian fielen schon die Augen zu.

»Genau!« flüsterte Hongar. »Und jetzt ruh dich aus!«

»Ja, gut«, murmelte Florian. Und mit einem wohligen Seufzen bat er: »Halt mich fest, bis ich eingeschlafen bin!«

Ein Blizzard am Morgen

Florian wurde vom heiseren Ruf der Wildgänse geweckt. Verschlafen hob er den Kopf, und frische, klare Morgenluft wehte ihm ins Gesicht. Da war er auf einen Schlag hellwach und trat zu Hongar, der gerade einen Schluck Wasser aus einer Feldflasche nahm.

Hongar bot Florian die Flasche an, und als der Junge getrunken hatte, machte er ihn auf die Vögel aufmerksam. »Schau nur«, sagte er mit ernstem Gesicht. »So viele!«

Und tatsächlich! Zu Hunderten, nein zu Tausenden waren die großen grauweißen Gänse unterwegs. In Keilformationen zogen sie über den Himmel. Wenn eine dieser Formationen unter dem Ballon flog, wirkte sie wie ein stählerner Riesenvogel: pfeilschnell und unbesiegbar. Dabei hatten die einzelnen Vogelgruppen die unterschiedlichsten Kurse eingeschlagen, und oftmals zischten sie nur um Haaresbreite aneinander vorbei. Für Florian war es unglaublich, daß die Gänse mit ihren schweren Körpern nicht zusammenprallten.

Und als stünde der Untergang der Welt unmittelbar bevor, erfüllte das Geschrei der Vögel die Luft. Sie umflatterten den Ballon wie wildgewordene Fleder-

mäuse, die gerade aus ihrem geheimen Höhlenversteck ausschwärmten. Florian wurde bei ihrem Anblick fast schwindelig. Trotz der strengen Ordnung, mit der jeder einzelne Vogel die Position in seinem Gruppengeschwader hielt, wirkten die Wildgänse aufgeregt, beinahe panisch.

»Was ist nur *los* mit denen?« fragte Florian, ohne den Blick von dem dramatischen Schauspiel zu nehmen. »Sind die total durchgedreht?«

Hongar zögerte einen Moment, dann antwortete er: »Ich fürchte, es wird Sturm geben ...«

»Sturm? Und deshalb führen die sich so auf?«

Der junge Hauptmann rieb sich sein stoppeliges Kinn. »Die Gänse können es fühlen, wenn ein Sturm aufzieht. Und so, wie sie sich gerade aufführen, kann das nur bedeuten, daß es schlimm wird.«

»Schlimm? *Wie* schlimm?«

»Ein Blizzard, schätze ich ...«

Ein Blizzard ... Aus Comics, deren Geschichten in den nördlichen Gegenden Amerikas spielten, wußte Florian, daß Blizzards ganz besonders arge Schneestürme waren. Die Hauptfiguren in diesen Geschichten waren rauhe Gesellen, meist Abenteurer, die der Goldrausch wie eine unheilbare Krankheit gepackt hatte. Ihre besten Freunde waren oftmals ihre Schlittenhunde. Und die Schurken, die die ganze Handlung erst so richtig spannend machten, kamen nicht selten in der eisigen Hölle eines Blizzards um.

Florian fand die Vorstellung, von einem solchen Sturm überrascht zu werden, nicht gerade zuckerrosa. Um sein mulmiges Gefühl zu vertreiben, versuchte er's mit einem kleinen Scherz: »Ein Blizzard am Morgen bringt Kummer und Sorgen!«

Doch Hongar verzog keine Miene. »Das kannst du laut sagen«, meinte er nur. »Er wird uns noch Kummer machen!«

»Sollten wir ... sollten wir dann nicht besser landen?« schlug Florian deshalb vor.

»Ja ... Natürlich ... Das wäre naheliegend ...« Immer wieder suchte Hongar mit prüfenden Blicken den wolkenverhangenen Himmel ab. »Ich würd' nur lieber über die erste Bergkette kommen! Dann wären wir sehr nah bei der Schmiede.«

»Dort, wo die silbernen Kugeln gegossen werden?«

»Genau ...«

»Dann wär's echt toll«, stimmte Florian dem Freund zu, »wenn wir's bis dorthin schaffen könnten!«

»Dort wären wir in Sicherheit vor dem Sturm ...« Hongar preßte für einen Moment die Lippen so fest zusammen, daß sie nur noch ein weißer Strich waren. Offensichtlich hatte er einen Entschluß gefaßt. »Also los!«

Mit der üblichen raschen Handbewegung strich Hongar über den rotgläsernen Stein, der nicht nur die Luft im Innern der Ballonkugel heiß hielt, sondern auch die Richtung der Fahrt beeinflußte. Und als Hongar rief: »Machen wir Tempo!«, da war ihm klar, daß die magische Kraft des Steins außerdem auch für die Geschwindigkeit des Luftgefährts zuständig war.

Unten im Schnee konnten die Freunde klar und deutlich die Schlittenspuren erkennen. Sie befanden sich also immer noch auf der richtigen Fährte. Zumindest *etwas* Positives, dachte Florian.

In der Zwischenzeit hatten die letzten Wildgänse nach Süden abgedreht. Der Wind war unleugbar stärker geworden. Der Ballon hatte allmählich Mühe, inmitten der ständig wechselnden Luftströmungen den Kurs zu halten. Der Wind fauchte wie ein erwachender Saurier.

Wie die Schwingen eines dunklen Riesenvogels lag eine Bergkette direkt vor ihnen, und genau darauf steuerten sie nun zu. »Dort unten«, sagte Hongar und

wies auf die gezackten Gipfel, »gibt es einen geheimen Stollen, in dem die Glückssteine abgebaut werden. Ich habe gehört, daß die Bergleute in Wohnhöhlen in unmittelbarer Nähe leben.«

Florian erinnerte sich: Bei seinem ersten Abenteuer in der Geisterwelt hatten diese grünlich schimmernden Steine seinen Weg durchs Moor gesäumt. Sie sollten ihn vor den Werwölfen und den Geisterreitern beschützen, und das war auch gelungen.

Vorhin, als sie die Spuren am gefrorenen Boden überprüft hatten, waren sie recht tief gesunken. Nun stiegen sie wieder, um die hohen Grate der Berge zu überwinden.

»Was du da siehst«, erklärte Hongar, »ist nur eine Art Vorgebirge. Dahinter kommen die Berge des Ewigen Eises. Die sind noch viel höher, und ihre Kette zieht sich über den gesamten Norden der Geisterwelt. Und dahinter ...« Hongar hatte unvermittelt abgebrochen.

»Dahinter?« versuchte ihn Florian wieder zum Sprechen zu bringen. »Was gibt's dort?«

Da wandte sich ihm Hongar zu. Die Sonnenbräune aus der Stadt des Lichts war mit einemmal verflogen. Die Falten auf seiner Stirn ähnelten den Rillen eines Waschbretts.

»Dahinter«, sagte er leise, »beginnt das Reich des Bösen ...!«

Genau in diesem Augenblick wurde der Ballon von einer gewaltigen Bö gepackt.

Sie warf ihn herum.

Sie schüttelte ihn durch.

Sie schleuderte ihn von sich, daß er beinahe mit den Spitzen der Berge kollidiert wäre.

Und dann traf der Sturm den Ballon wie eine Faust. Die Wucht war unvorstellbar. Florian und Hongar wurden von einer Ecke des Korbes in die andere geschmissen. Ständig drohte der Korb zu kippen, und die beiden mußten sich mit aller Kraft an Seilen festhalten, um nicht von Bord zu gehen.

Um sie herum tobte der Blizzard. Heftiges Schneetreiben hatte von einem Moment auf den anderen eingesetzt. Florian konnte Hongar nicht sehen; er wußte nur durch die Rufe seines Freundes, daß sich dieser dicht neben ihm befand.

Der Sturm brüllte, er schrie auf sie ein wie ein wütendes Ungeheuer, das aus nichts als aus zerstörerischer Energie bestand. Auch nur den leisesten Gedanken daran, den Ballon steuern zu wollen, hatten die Freunde längst aufgegeben. Sie hatten alle Hände voll zu tun, sich irgendwo festzuklammern.

Und dann schien alles gleichzeitig zu passieren.

Der Deckel einer Truhe flog auf, und harte Gegenstände sausten durch die Luft. Etwas traf Florian an der Schläfe, und fast hätte der Junge das Bewußtsein verloren.

Und im selben Moment setzte der Blizzard zum entscheidenden Angriff an. Er katapultierte den Ballon mit seinen verzweifelten Insassen in den Himmel, als wäre er ein Felsbrocken, der von einer mittelalterlichen Schleuder abgeschossen wurde.

Daraufhin zog ein Luftsog den Ballon wieder ein ganzes Stück nach unten. Und dann zerfetzte er auf einen einzigen Schlag die Hülle des Ballons.

Für Florian und Hongar schien der Himmel kopfzustehen.

Und der Ballon begann auf den Erdboden zuzurasen.

Eine Rollercoaster-landung

Florian hatte in einer Zeitschrift über eine neue Attraktion in Disney World gelesen. *Turm des Schreckens* hieß sie oder so ähnlich. Dabei handelte es sich um ein hohes, spukiges Gebäude, zu dessen Spitze man in einem Fahrstuhl hinauffuhr. Oben angekommen, raste man im freien Fall nach unten. Eine irre Sache, hatte Florian damals gedacht: voll cool. Wenn er ganz ehrlich mit sich war, hatte er aber nicht mit Bestimmtheit sagen können, daß er bei einer solchen Fahrt auch wirklich mitgemacht hätte.

Nun aber hatte er keine Wahl. Und verglichen mit dem Schlamassel, in dem sich Hongar und er gerade befanden, war der Schreckensturm wohl eine matte Angelegenheit. Im Sturzflug ging's nämlich nach unten: so schnell, daß Florian und Hongar Hören und Sehen verging. In Todesangst hielten, klammerten, krallten sie sich an allem fest, was ihnen in dem halb demolierten Ballonkorb unter die Finger kam. Sie glaubten, ihr letztes Stündlein hätte geschlagen. Ihnen war überhaupt nicht bewußt, wie laut sie schrien, aber ihre Stimmen gingen ohnehin im Jaulen des Windes um sie herum unter.

Der ganze Absturz dauerte höchstens zwei Sekunden, aber Florian und Hongar kam er wie eine Ewigkeit vor. Dann prallte der Korb urplötzlich auf dem Erdboden auf. Und die Freunde konnten in diesem Moment gar nicht richtig abschätzen, welch immenses Glück im Unglück sie hatten.

Wäre der Absturz nämlich abrupt zu einem völligen Halt gekommen, unter Umständen vielleicht sogar auf felsigem Untergrund, dann hätte es den Korb wahrscheinlich in unzählige Stücke zerrissen. Und beide Insassen hätten sich sämtliche Knochen im Leib gebrochen. Doch es kam anders.

Der Korb landete auf einem schneebedeckten Abhang. Frisch gefallener Pulverschnee spritzte auf, Teile der Seitenwände des Luftgefährtes brachen weg. Florian und Hongar wußten nicht, wie ihnen geschah. Sie wurden wieder einmal total durcheinandergeschüttelt. Sie verhedderten sich hoffnungslos in Seilen, die der Wind wie die Peitschen von Raubtierdompteuren durch die Luft knallen ließ. Aber die Taue verhinderten zumindest, daß sie wie Gummibälle aus dem Korb geschleudert wurden.

Ihr Gefährt hatte einen Affenzahn drauf, und mittlerweile hatte es jede Ähnlichkeit mit einem Ballonkorb verloren.

Es glich mehr einem ramponierten Floß, das führerlos durch die schäumende Gischt von Stromschnellen tanzte.

Es war ein Bob bei einer Höllenfahrt durch einen Tunnel aus blankem Eis.

Es war ein Rollercoasterwagen auf einer dieser wahnwitzigen amerikanischen Achterbahnen mit reihenweise Loopings und Steilstücken, bei denen einem der Magen hochkam.

Und für Florian und Hongar schienen Himmel und Erde durcheinanderzupurzeln, als wollte jemand daraus ein besonders schwieriges Puzzle machen.

Weder wußten die beiden, daß es ihnen vorhin gelungen war, das Vorgebirge zu den Bergen des Ewigen Eises zu überwinden.

Noch war ihnen klar, daß sie nun einen weiten Abhang hinunterrasten: ein Schneefeld, das zu beiden Seiten von vereisten Gletscherzungen gesäumt war.

Ihnen wurde nicht bewußt, daß sie wegen ihres Tempos auch am Fuß dieses Hangs nicht zum Stehen kamen.

Und sie hatten auch keinen blassen Schimmer, daß sie über einen zugefrorenen See schlitterten.

Denn sie hatten wahrlich anderes zu tun, als über solche Einzelheiten nachzudenken. Der Wind brannte in ihren Augen, die Kälte stach ihnen in die Wangen. Die Welt um sie herum nahmen sie nur als verwischtes Etwas wahr: als wären die Farben in einem Aquarell ineinandergelaufen.

Erst als ihr seltsames Gefährt durch ein Tiefschneefeld pflügte, begann sich die Geschwindigkeit ein wenig zu verringern. Der Schnee bremste den kläglichen Rest des Ballonkorbes ab, er spritzte hoch und den Freunden um die Ohren. Und obwohl die Kraft des Blizzards hier unten in dem Gebirgstal ziemlich abgeschwächt war, kamen sich Florian und Hongar wie direkt unter dem weißen Gewirbel einer Schneekanone vor.

Mit der letzten Wucht ihres Sturzes aus den Wolken rumsten sie gegen ein Hindernis.

Durchbrachen eine Wand aus hölzernen Latten.

Und kamen endlich zum Stehen.

Atemlose Stille folgte dem Spektakel, das eben noch geherrscht hatte. Kaum konnten die Freunde glauben, daß sie die Schrecken überstanden hatten. Im ersten Moment wagte keiner von ihnen, sich zu rühren. Fast war es, als fürchteten sie, der Tumult könnte jeden Augenblick aufs neue losbrechen.

Dann aber richtete sich Florian auf, und dabei tat ihm jeder Knochen im Leib weh. Mit einem Ächzen streckte er die Glieder und klopfte sich mit vorsichtigen Bewegungen den Schnee von den Kleidern. Er rutschte von dem Schneehaufen, der sich auf der Bodenplatte des Korbes angesammelt hatte. Von ihrem Luftgefährt selbst war nichts mehr zu sehen.

Florian wischte sich den Schnee aus den Augen. Seine Wangen und Lippen waren von der Kälte so gefühllos wie nach einer Betäubung beim Zahnarzt. Der Junge schaute sich um: Sie waren in eine Art Hütte gerumst. Florian schaffte es aber nicht, sich auf irgendwelche Einzelheiten der Einrichtung oder auf einen der Gegenstände zu konzentrieren, die hier herumlagen. Er war leicht benommen und etwas wirr im Kopf; der Absturz und daß sie ihn überstanden hatten, kam ihm so ganz und gar unwirklich vor, daß er noch immer zu träumen glaubte. Seine Knie zitterten, als befände er sich immer noch auf irrer Fahrt. Ein Wackelpudding ist nix gegen mich, dachte Florian, fand aber nicht mal die Kraft, darüber zu grinsen.

»Wo … wo sind wir hier?« fragte er schließlich.

Nun kam auch Hongar mühsam auf die Beine. Er betastete seine Brust, die Arme und Beine, woran Florian merkte, daß sich auch der junge Hauptmann nicht gerade pudelwohl fühlte. Wahrscheinlich waren die Körper der beiden Freunde mit Prellungen und Blessuren übersät. In den kommenden Tagen würde ihnen jede Bewegung teuflische Schmerzen bereiten.

Auch der junge Hauptmann blickte sich um, dann entspannten sich seine Züge. »Mir scheint«, sagte er, »wir sind genau dort, wo wir hinwollten …«

»Ja?«

Hongar nickte, verzog dabei aber das Gesicht und massierte sich mit der Hand den Nacken. »Wir sind mitten in die Schmiede gesaust!«

»Nicht *du* schon wieder ...!«

Bei der Hütte handelte es sich natürlich nicht um die ganze Schmiede.

»Ich denke, das hier ist nur der Vorraum«, nahm Hongar Florians Frage vorweg. »Dort drüben ...« Er wies zu einem Durchgang unter einem Bogen aus massivem Fels. »Dort geht's wahrscheinlich zur eigentlichen Schmiede. Sie ist in den Berg hineingebaut worden.«

Während Florian seinem Freund zuhörte, ging er ein paar Schritte in der Hütte umher. Erst jetzt fiel ihm auf, daß hier ein geradezu unglaubliches Chaos herrschte. Und zwar nicht nur, weil eine der Lattenwände dem Ansturm ihres Gefährtes nicht standgehalten hatte.

Fleckige Kleidungsstücke waren auf Bänken zusammengeknüllt, die entlang einer Wand verliefen. Daneben befand sich ein ganzer Haufen von durcheinandergeworfenen Arbeitsstiefeln. Auf dem langen, dunklen Holztisch in der Mitte des Raumes standen schmutzige Teller, Gläser und Besteck, und überall waren steinharte Essensreste verstreut. Einige der Stühle um den Tisch waren umgekippt und lagen mit zerbrochener Lehne auf den rohen Holzdielen. Auf einem Kästchen in einer Ecke gab es fünf, sechs Petroleumlampen, ein paar weitere jedoch waren auf dem Boden zersplittert. Ganz offensichtlich waren der Schmied und seine Gehilfen mitten beim Essen unterbrochen worden.

Aber wovon? Oder besser: Von *wem*?

Und was noch viel wichtiger war: Wo waren die Handwerker jetzt? Sie hatten sich doch sicher nicht einfach in Luft aufgelöst!

Hongar hatte wohl gerade die gleichen Gedanken gehabt. »Was ist hier nur passiert?« murmelte er.

Mit einemmal erschienen den beiden ihre blauen Flecken gar nicht mehr so wichtig. Denn ganz offensichtlich war es den Kugelgießern noch viel ärger ergangen.

Hongar zündete eine der Lampen an, die heil geblieben waren. Florian und er durchsuchten in ihrem schwachen Licht zuerst die Hüte, aber sie konnten keine Hinweise entdecken, die sie klüger gemacht hätten. Dann hielt der junge Hauptmann die Lampe in den Durchgang zur Schmiede und warf einen kurzen Blick hinein.

»Ich schau' da mal rasch rein«, informierte er Florian. »Unter Umständen hat sich dort einer versteckt …«

Der Junge hatte keine Lust, im Halbdunkel eines Bergwerksstollens herumzuirren. Für heute, dachte Florian, hab' ich *wirklich* genug erlebt …!

»Ich … äh … Ich bin draußen«, sagte er. »Vielleicht gibt's dort auch irgendwelche Spuren.«

»Ist schon in Ordnung«, meinte Hongar mit einem verständnisvollen Lächeln. »Aber bleib in der Nähe, ja?«

»Logo«, sagte Florian und wandte sich zu dem Loch, das in der Bretterwand der Hütte gähnte. »Ich bin in Rufweite!«

Aber selbst wenn es Florian darauf angelegt hätte, sich dünn zu machen, wäre er nicht weit gekommen.

Kaum war er ins Freie getreten, da war für ihn klar, *wer* den Schmied und seine Leute beim Essen gestört hatte. Und daß Hongar und er nun endgültig in der Falle saßen.

Eine ganze Armee von Kartoffelfratzen hatte nämlich die Hütte umstellt. In drei Reihen hatten sich die Monster aufgebaut.

Sie klapperten mit ihren Klauen …

Sie zischten mit ihren gespaltenen Zungen …

Sie bleckten die spitzen Zähne …

Und in ihren grünen Augen loderte die ganze Gemeinheit, zu der sie fähig waren.

Trotzdem war es nicht *ihr* Anblick, der Florian so sehr entsetzte. Der ihn wie vom Donner gerührt dastehen ließ und ihm den Schweiß auf die Stirn trieb.

Da war noch jemand. Und ohne daß es ihm bewußt war, ballte Florian die Hände zu Fäusten und stöhnte auf: »Nicht *du* schon wieder!«

Denn dieser Jemand hatte ihm schon einige Male das Leben schwergemacht.

Dieser Jemand hatte versucht, die Geistersonne für immer zum Verlöschen zu bringen.

Er hatte sich in einen Delphin verwandelt und Lisa und Florian durch diese Täuschung dazu gebracht, das schreckliche Seeungeheuer zum Leben zu erwecken.

Und als es Florian gelungen war, all diese Untaten letztlich doch zu vereiteln, hatte er dem Jungen in seinem grenzenlosen Haß sogar die Surf-Vampire in seine Welt nachgeschickt.

Dieser Jemand war ein schrecklicher Unhold, und Florian hätte gern darauf verzichtet, ihm wiederzubegegnen.

Doch es half nichts: Zwischen den Kartoffelbiestern drängte sich niemand anderer als Kirab hervor, der verräterische Handlanger des Herrschers des Bösen.

Freunde bis in den Tod

Währenddessen befand sich Hongar im Durchgang zur Schmiede. Ein schmaler Tunnel führte ihn in ein großes, dunkles Gewölbe. Offensichtlich war es direkt aus dem Fels des Berges herausgeschlagen worden. Auch der Boden der Schmiede bestand aus kahlem Stein, und so hallten Hongars Schritte von den hohen rußgeschwärzten Wänden unheimlich wider. Dennoch begann der junge Hauptmann, den Raum im gelblichen Schein seiner Lampe Schritt für Schritt zu erkunden.

Das flackernde Licht aus Hongars Laterne fiel auf schwere Hämmer, auf armlange Zangen, auf Apparaturen und Werkzeuge, deren Zweck er nicht erraten konnte, die aber irgendwie unheimlich auf ihn wirkten. Es hätte ihn nicht erstaunt, wenn jählings, aus einer der Nischen rund um diesen Raum düstere, bedrohliche Gestalten hervorgetreten wären.

Es war viel zu still hier.

Es gab kein Zischen von geschmiedeten Teilen, die zum Abkühlen in einen Eimer kaltes Wasser getaucht wurden.

Es gab keine Kommandos und kein Keuchen von Männern, die ihre Arbeit im Schweiß ihres Angesichts erledigten.

Hongar blieb einen Moment lang an der riesigen gemauerten Feuerstelle unter der höchsten Stelle des Gewölbes stehen. Er fand eine der Formen, die zum Gießen der silbernen Kugeln verwendet wurden. Aber es erging ihm wie Florian ein paar Wochen zuvor in Haralds Wirtshaus. An der kalten Asche, die er durch seine Finger gleiten ließ, erkannte er, daß die Schmiede wirklich verlassen war. Es herrschte absolute Stille, wo Leben und Aktivität hätten sein sollen. Hongar war sich bewußt, daß es tatsächlich schon geraume Zeit her war, seit in dieser Schmiede die letzten Silberkugeln gegossen worden waren. Und er würde hier sicherlich keinen der Handwerker antreffen.

Der Schmied und seine Gehilfen waren verschwunden, und sosehr Hongar auch suchte, konnte er dennoch keine einzige der silbernen Werwolf-Töter-Kugeln aufstöbern. Und wenn Florians Freund zu diesem Zeitpunkt die wahren Hintergründe auch noch nicht kannte, so stieg doch ein Verdacht in ihm auf: Eigentlich deutete alles darauf hin, daß zwischen dem Verschwinden der Handwerker und jenem der Kugeln ein Zusammenhang bestand.

Hongar war natürlich ahnungslos, was die Geschehnisse betraf, die sich gerade zu diesem Zeitpunkt vor der Hütte abspielten. Aber irgendwie ahnte er, daß etwas nicht in Ordnung war. Ihm war nicht wohl in seiner Haut, er hatte das intensive Gefühl, in dem finsteren Raum nicht allein zu sein. Die Anwesenheit von etwas Bösem war für den jungen Hauptmann fast greifbar. Eine bedrückende, bedrohliche Atmosphäre lastete wie eine Art uralter Fluch über der Schmiede. Immer wieder spürte Hongar Blicke, die sich in seinen Rücken bohrten. Drehte er sich dann aber um, war da nichts außer den Schatten in der unheimlichen Düsternis des Gewölbes.

Doch plötzlich vernahm er hinter sich ein seltsames Geräusch.

Eine Art Tapsen ...

Und Schleifen ...

Ein Kratzen ...

Und Schaben ...

Hongar schnellte herum: Und riß erschrocken die Augen auf, als er sah, daß es Schritte gewesen waren, die er gehört hatte.

Und von *wem* diese Schritte stammten ...

Es waren die Kartoffelfratzen mit ihren klauenbesetzten Stummelbeinen. Sie hangelten sich mit ihren Affenarmen vorwärts und zogen die Beine nach, wobei die Krallen über den Steinboden kratzten.

Instinktiv fuhr Hongars Hand zum Schwertknauf, und das Knurren der Biester erfüllte den Raum. Hongar hatte seine Klinge, die er im Kampf mit dem Vampirmonster eingebüßt hatte, gegen eine neue aus der Truhe im Ballon eingetauscht. Und doch kam er jetzt nicht dazu, sie gegen die Ungeheuer einzusetzen.

Denn ein gedämpfter Schrei hielt ihn davon ab, ein Schrei, der von draußen hereinklang.

»Wir haben deinen Freund! Wir haben Florian!« Irgendwie kam diese krächzende Stimme Hongar bekannt vor, aber es wollte ihm einfach nicht einfallen, zu wem sie gehörte und wer hier anscheinend erraten hatte, daß sich in der Schmiede eben noch eine heftige Auseinandersetzung angebahnt hatte.

»Du solltest nicht einmal im Traum daran denken, dich zu wehren!« fügte der Rufer hinzu. »Komm heraus! Und laß dein Schwert stecken!«

Aus Sorge um Florian tat Hongar, wie ihm geheißen. Die Kartoffelmonster hatten einen Sicherheitsabstand um ihn eingehalten; erst als der Soldat die Hand vom Schwertknauf nahm, wagten sie sich näher.

Dann jedoch gingen die Biester ziemlich unsanft mit Hongar um. Sie zwickten seine Unterarme zwischen ihren Klauen ein, sie stießen ihn grob weiter. Wie ein gefährlicher Schwerverbrecher wurde Hongar von den Biestern nach draußen eskortiert.

Als Florian seinen Freund und die Ungeheuer hinter sich hörte, wandte er nur flüchtig den Kopf: Er wollte es nicht riskieren, Kirab auch nur eine Sekunde aus den Augen zu lassen.

»Haben sie dich auch erwischt?« Eine gänzlich unnötige Frage, aber was sollte man in einer solchen Situation auch schon groß sagen?

Hongar ging nicht auf die Bemerkung ein. Er schnaubte nur, als er sah, *wer* ihr eigentlicher Gegner war.

»Nein! Nicht *du*!«

»Das hab' ich auch gesagt«, meinte Florian.

Kirab seinerseits weidete sich am Entsetzen der beiden. Das Männlein, das Florian gerade bis zur Brust reichte, bot mit seinen großen Flatterohren ein ziemlich lächerliches Bild. Die Ohren bewegten sich im Wind, und die Kälte hatte sie feuerrot gefärbt. Weil ihre Haut aber so dünn war, daß man fast durch sie hindurchsehen konnte, entging Florian und Hongar nicht, wie in den Adern dunkles Blut pochte.

Ganz klar: Kirab war echt geladen. Sein Haifischgrinsen zeigte seine spitzen Zähne, in seinen Schweinsäuglein blitzten Argwohn und Hinterlist. Kirab sah genauso aus, wie er war: ein gefährlicher Gnom, der in seiner Gemeinheit Spaß daran hatte, einem Menschen echten Schaden zuzufügen.

Kirab wieherte vor Lachen, als die Kartoffelfratzen Florian und Hongar gefesselt hatten und die beiden gebunden und wehrlos vor ihm standen.

»So so, ihr Helden!« schnarrte das Männlein mit hohntriefender Stimme. »Hätten wir euch also beisammen! Dann könnten wir jetzt darangehen, uns zu überlegen, was wir mit euch anfangen sollen.«

Und wie ein schauriges Echo brachen seine Worte über den beiden zusammen.

»Freunde bis in den Tod, hä? So nennt ihr euch doch!« Kirab gluckste bösartig. »Wir werden gleich sehen, ob das auch tatsächlich stimmt!«

Das Eislabyrinth

Kirab schaffte es keine Sekunde, ruhig zu stehen. Das häßliche Männlein tänzelte vor Florian und Hongar wie ein zappeliges Kind herum. Es ging den beiden damit so gehörig auf die Nerven, daß sich Florian die Frage nicht verkneifen konnte: »Bist du so high, weil du uns endlich hast?«

Einen Moment lang schaute Kirab recht dumm aus der Wäsche. Anscheinend verstand er das englische Wort nicht.

Doch dann erriet er dessen Bedeutung: daß Florian gemeint hatte, Kirab würde sich über ihre Gefangennahme freuen.

»Ja, was glaubst denn *du*?« schrie das Männlein. »Denkst du, es ist angenehm, wenn einem jemand ständig entwischt? Auch, wenn man sich noch so anstrengt, ihn zu kriegen?«

Da wurde Florian so richtig ärgerlich. »Und was hätt' ich deiner Meinung nach tun sollen?« gab der Junge zurück. »Hätt' ich mich vom Seeungeheuer auffressen lassen sollen?«

»Oder hätten wir uns damit abfinden sollen«, setzte Hongar hinzu, »daß in der Stadt des Lichts keine Sonne mehr scheint?«

»Oder hätte ich den Surf-Vampiren vielleicht meinen Hals hinhalten sollen?« rief Florian.

»Uns kampflos geschlagen geben? Niemals!« ergänzte Hongar.

»Da wären wir ja blöd gewesen!« rief Florian.

»Und das sind wir nicht!«

»Da hätten wir 'nen Hieb in der Birne gehabt!«

»Und das haben wir nicht!«

»Total abgefahren wär' das ja gewesen! Echt ätzend!«

Jetzt sagte Hongar nichts mehr: Mit Florians Erfindungsreichtum in bezug aufs Schimpfen konnte er als Erwachsener anscheinend doch nicht mithalten.

»Hexenhirnartig dumm wären wir da gewesen!« machte Florian weiter.

»Voll verdoofisiert! Moorleichenschauderhaft!«

Er warf Hongar einen raschen Blick zu. »Und das waren wir ganz und gar nicht!«

Da fiel auch der junge Hauptmann wieder ein: »Oder glaubst du das?«

»Dann mußt aber *du* bescheuert sein!«

Es war, als hätte Florian für sich beschlossen, daß Angriff die beste Verteidigung sei. Mit Hongars Unterstützung hatte er Kirab gar nicht erst zu Wort kommen lassen. Seine Beleidigungen waren wie ein Hagelschauer auf das Männlein geprasselt: ein Verhalten, das Kirab von seinen Gehilfen, den Kartoffelfratzenmonstern, zweifellos nicht gewohnt war.

Was zur Folge hatte, daß der Gnom seine Gefangenen fassungslos, ja geradezu entgeistert anstarrte. Aber nur im ersten Moment. Denn alsbald bekam Kirab große Ähnlichkeit mit einem Kochtopf kurz vor dem Überlaufen.

Zuerst waren es die Flatterohren, die sich von Kälterot zu einem fackellodernden Ton verfärbten.

Dann zogen sich die Brauen zusammen, daß es aus-

sah, als wären sie über der Nase zusammengewachsen.

Daraufhin war der Mund ein dünner, weißer Strich. Das Sprühkerzenfunkeln in den kleinen Augen glich Laserblitzen und ließ nichts Gutes erahnen.

Und schließlich wirkte der ganze Kirabkopf wie eine riesige überreife Tomate mit feurigem Ketchupüberzug.

Das Männlein sprang auf der Stelle auf und ab und stampfte mit seinen Stiefelchen voller Zorn auf den gefrorenen Boden, als wäre es der Sieger bei einem Rumpelstilzchen-Imitationswettbewerb. Sein Atem, der vorhin noch wie Kettengerassel geklungen hatte, hörte sich jetzt eher wie das Knurren eines bißwütigen Säbelzahntigers an.

Kurz und gut: Kirab sah aus, als würde er jeden Moment explodieren.

Florian hatte sich gerade so richtig in Fahrt geredet. Er hatte noch eine lange Liste von Schimpfwörtern, mit denen er Kirab nur allzu gern eingedeckt hätte. Aber er biß sich auf die Zunge und schluckte die Ausdrücke wie ›Geisterbahnfreikartenverkäufer‹, ›Spitzzahnmonster‹ und ›Segelohrdumbo‹ lieber hinunter. Es war zwar seine Absicht gewesen, das Männlein zu reizen – aber nicht bis zur absoluten Weißglut. Immerhin waren Hongar und er in seiner Gewalt. Und wer weiß, dachte Florian, welche Gemeinheiten sich Kirab in seiner Wut dann einfallen läßt!

Wie recht der Junge damit doch hatte!

Denn auf einen Wink von Kirab versetzte eines der Kartoffelmonster dem Jungen einen überraschenden Stoß, der ihn vornübertaumeln ließ. Das Biest stach ihm je eine Klaue in die Kniekehlen, und schon lag Florian leise wimmernd auf dem Boden. Hongar, der seinem Freund zur Hilfe eilen wollte, wurde daran von vier weiteren Ungeheuern gehindert.

Nun, da er größer war als Florian, hüpfte Kirab auf den Jungen zu. Florian versuchte sich wieder aufzurichten, und als er auf den Knien war, hob er den Kopf. Da zuckte er zurück: denn die Haifischbeißerchen des Männleins befanden sich nicht einmal eine Handbreit von seinem Gesicht entfernt.

»Sooo …!«

Genüßlich hauchte Kirab Florian an. Der Atem des Männleins war zwar nicht voller Kohlenstaub wie jener der Kartoffelvampire, aber er roch so widerwärtig und schien dem Jungen in der klaren Gebirgsluft so ekelerregend, daß Florian ein Würgen in der Kehle verspürte.

»Ich sag' dir was«, raunte Kirab Florian zu. Hongar mußte die Ohren spitzen, um alles, was er sagte, verstehen zu können. »Die silbernen Kugeln, mit denen ihr meine süßen Drachenkröten getötet habt, die gehören jetzt *alle* mir!«

Anscheinend dachte das Männlein an die Ereignisse in der Stadt des Lichts zurück, denn mit einemmal schüttelte es sich vor Grauen. Aber gleich darauf hatte es sich wieder in der Hand.

»Und das, was ihr Glückssteine nennt, gibt's nicht mehr!« Er griff in eine Tasche und schleuderte einige schwarze Klumpen in den Schnee. »Seht gut her, was aus ihnen geworden ist! Meine Monsterchen haben da ganze Arbeit geleistet, das könnt ihr mir glauben! Wir haben den Stollen überfallen und mit den Bergleuten aufgeräumt!«

Ein heiserer Aufschrei kam Florian über die Lippen. »Nein!«

Kirab lachte schallend. »Doch!« rief er. »Und zwar gründlichst!«

»Und … was …«, stammelte Florian, »was hast du … mit all den Leuten gemacht? Hast du sie …«

Kirab hatte ein ironisches Mienenspiel aufgesetzt.

»Hab' ich *was*?« machte er sich über den Jungen lustig. »Hab' ich sie ... *getötet*? Nein! Nicht doch! Viel besser! *Sehr viel* besser! Ich hab' sie ...«

An dieser Stelle unterbrach sich Kirab jedoch selbst. »Aber das werdet du und dein Freund schon bald mit eigenen Augen sehen!« fuhr er fort. »Schon *sehr* bald! Glaubst du jetzt eigentlich noch immer, daß du mehr da drin hast ...« Kirab tippte sich gegen die Schläfe. »... als ich?«

Diesmal schaffte es Florian nicht, sich zu beherrschen. Es war, als lebte in seinem Inneren eine Art zweites Ich: eine dunkle Seele, die sich weigerte, einen kühlen Kopf zu bewahren. Schon vorhin, als Hongar und er Kirab beschimpft hatten, war dies so gewesen. Und nun, als Florian mit gefesselten Armen vor Kirab kniete, fühlte er sich so gedemütigt und gleichzeitig so voller Wut, daß er für einen Augenblick nicht mehr kontrollieren konnte, was er sagte.

»Dazu würd' ja nicht besonders viel gehören!« antwortete er gehässig. »So vernagelt wie du bist ...!«

Der Junge konnte regelrecht sehen, wie das Blut aus Kirabs eben noch purpurrotem Gesicht wich. Schon wollte das Männlein zu einer bissigen Entgegnung ansetzen, da hielt es inne, und Florian vermeinte fast sehen zu können, wie es hinter seiner Stirn arbeitete. Dann verzog sich Kirabs Mund plötzlich zu einem wölfischen Grinsen. Und Florian hätte es nicht gewundert, wenn sich ihm bei diesem Anblick im wahrsten Sinne des Wortes die Haare gesträubt hätten.

Denn wenn Kirab grinste, sah dies noch viel schrecklicher aus, als wenn er wütend war.

Und Florian hatte die unheilschwangere Ahnung, daß Kirab sich offensichtlich einen ganz besonders teuflischen Plan für seine beiden Gefangenen ausgedacht hatte.

Tatsächlich beugte sich das Männlein noch näher zu dem Jungen.

»Du wirst dir noch wünschen«, fauchte Kirab, »daß du höflicher zu mir gewesen wärst!« Er hechelte wie ein durstiger Hund. »Denn dein Freund und du, ihr werdet mit einem Ort Bekanntschaft schließen, der euch den Hochmut noch austreiben wird! Das kann ich dir versprechen!«

Kirab sprang auf, schnellte herum wie ein Zaubermeister aus den Märchen aus Tausendundeiner Nacht. Er streckte die offenen Handflächen von sich, und als würde er einen Superstar bei der Oscarverleihung präsentieren, brüllte er: »Seht und staunt, meine ...« Er kicherte wegen dieser Bezeichnung. »... meine *Freunde*! Der Ort eures Untergangs: das schreckliche, das furchtbare, das *absolut tödliche* Eislabyrinth!«

Die zweite Wirklichkeit

Zuerst geschah rein gar nichts. Der Talkessel, in dem sie sich befanden, war von den Bergen des Ewigen Eises wie von einer Ansammlung der gewaltigsten Wolkenkratzer umgeben. Der polare Mond warf seinen metallenen Glanz auf die gezackten Felsen. Die Schneedecke, die den Boden des Gebirgstales überzog, wirkte stahlhart und unberührt. Darüber lasteten dunkle Wolken wie der Zigarrenrauch eines bösen Gottes. Kein Tier, nicht einmal das Flattern eines einzelnen Vogels störte die bedrohliche Stille. Das gesamte Tal schien verstört, schien eingeschüchtert zu sein; beinahe war es, als hielte die Natur den Atem an.

Florian spürte es an sich selbst: Ihm war, als hätte sich ihm eine Last auf die Brust gelegt, ihm fiel sogar das Atmen schwer. Er hatte keine Ahnung, was Kirab mit dem ›Eislabyrinth‹ meinte, von dem er so prahlerisch gesprochen hatte. Er konnte keine Veränderung im Tal feststellen, es gab absolut nichts, was einem Irrgarten auch nur ansatzweise nahegekommen wäre.

Aber gleich darauf mußte Florian zu seiner großen Überraschung einräumen, daß er sich geirrt hatte.

Denn es war wie bei einem dieser Bilder, die sich veränderten, wenn man sie aus einem anderen Blickwinkel betrachtete. Florians Großeltern waren einmal auf Pilgerreise in Fátima gewesen. Das war ein Wallfahrtsort in Portugal, wo die Heilige Maria zu Beginn des Jahrhunderts angeblich drei armen Hirtenkindern erschienen war. Jetzt gab es dort eine Kirche, und immer wieder konnte man von Wunderheilungen unter Pilgern hören.

Florians Großeltern hatten Fátima also besucht, und Oma hatte eine Postkarte geschrieben, auf der das Gesicht von Jesus abgebildet war. Die Dornenkrone bohrte sich in seine Stirn, die Blutstropfen wirkten wie Tränen. Das Besondere an dieser Karte war aber, daß Jesus die Augen offen hatte, wenn man ihn von links aus ansah, daß er einem aber zuzwinkerte, wenn man das Bild leicht bewegte und von rechts draufschaute.

Die Großeltern waren fast genau ein Jahr vor dem Unfall von Florians Vater in Fátima gewesen. Oma hatte seit damals immer wieder verkündet, nun würden ihr die alten Knochen nicht mehr so weh tun. Florian konnte sich aber noch gut daran erinnern, daß sein Vater fürchterlich über die Postkarte geschimpft hatte.

»So ein Kitsch!« hatte er gerufen. »Das ist ja nicht auszuhalten! Nicht einmal vor Jesus machen sie halt, wenn's ums Geschäftemachen geht! Und meine *eigene Mutter* kauft dann so was auch noch!«

Der Grund, weshalb Florian sich über eineinhalb Jahre später und in einer ganz anderen Welt an diese Karte erinnerte, war denkbar einfach: Mit einemmal ging eine Veränderung mit der Landschaft des Tales vor; das Ganze wirkte so ähnlich wie bei jener Postkarte.

Es war kaum wahrzunehmen, und im ersten Moment dachte Florian, seine Sinne würden ihm einen Streich spielen. Aber dann war es doch so, als würden sich all der Schnee und die Berge, die Florians Sichtfeld ausfüllten, irgendwie … *verschieben.*

Und als existierte plötzlich so etwas wie eine zweite Wirklichkeit neben jener, die Florian die ganze Zeit über gesehen hatte.

Eine zweite Wirklichkeit, die sich normalerweise hinter der ersten versteckt hielt. Die dahinter gelauert hatte wie ein Eisbär auf arglose Seehunde. Und die sich nun durch die Kraft von Kirabs Willen langsam hervorzuschieben begann.

Der Junge legte den Kopf ein wenig schief, und schon wurde das Bild des Talkessels unscharf.

Er trat einen halben Schritt zur Seite, und die Berge ringsum verschwammen.

Es war, als hätte sich eine Art wässeriger Vorhang aus flirrenden Sonnenflecken zwischen ihn und seine Umwelt geschoben. Ein Vorhang, der zwar durchsichtig war, der die Sichtweise der Dinge jedoch veränderte.

Der ihre dunkle, ihre böse Seite hervorbrachte, deren allererste Vorboten Hongar in der Schmiede hatte fühlen können.

Florian kniff die Augen zusammen, und die Umrisse, die man anfangs nur hatte erahnen können, wurden immer deutlicher. Einzelne Punkte verbanden sich zu Linien, diese wiederum zu Mauern. Und schließlich klickte das Bild ein, war schlagartig gestochen scharf; wie eine weiße Fata Morgana im Schnee war ein Irrgarten aus glitzerndem Eis aus dem Boden vor ihnen emporgewachsen.

Florian wollte sich gerade davon überzeugen, ob es Hongar erging wie ihm, ob auch der junge Hauptmann das Labyrinth gesehen hatte.

Da wurde er jäh von den grobschlächtigen Kartoffelfratzen gepackt. Wahrscheinlich hatte Kirab ihnen den Befehl dazu erteilt, ohne daß es Florian in seiner grenzenlosen Verblüffung aufgefallen wäre. Jedenfalls faßten sie die zwei Gefangenen hart an. Sie stießen sie vorwärts, sie trieben sie wie Vieh vor sich her. In immer schnellerem Tempo ging's quer über die eisige Ebene: auf einen torartigen Bogen in der Mauer des Irrgartens zu. Die Freunde mußten nun schon laufen, um den Prankenhieben der Biester zu entgehen.

Sie rannten.

Schneller.

Keuchten vor Anstrengung.

Rannten immer schneller und versuchten dabei, den Hieben von hinten auszuweichen.

Rannten mit Schweiß auf der Stirn und Frost in den Lungen.

Und schneller, noch schneller!

Da rutschte Florian au einer vereisten Stelle aus.

Verlor das Gleichgewicht. Strauchelte, konnte sich mit den gefesselten Armen nicht mehr abfangen.

Und fiel in den Schnee.

Gleichzeitig schrie Hongar auf. Ihn traf ein Schlag der Monsterklauen, und die Krallen schlitzten den Rücken seiner Jacke auf. Auch er ging daraufhin zu Boden; er landete zuerst auf den Knien und schlug dann in voller Länge neben Florian hin.

Den beiden war nichts Ernstliches passiert. Aber fast rechneten sie damit, daß sich Kirabs scheußliche Gehilfen auf sie stürzen würden. Doch als sie sich wieder aufrichteten und umblickten, war da bloß Kälte, die ihnen in die Glieder fuhr: Kälte, die nichts mit den tiefwinterlichen Temperaturen des Gebirgstales zu tun hatte.

Es war die Eiseskälte des Entsetzens.

Der Durchgang zum Bergtal hatte sich nämlich wie von Geisterhand geschlossen.

Und wo sich gerade noch die Ebene, die vampirhaften Ungeheuer und Kirab und die Schmiedehütte im Hintergrund befunden hatten, versperrten ihnen jetzt Mauern die Sicht.

Mauern, die bis zum Himmel reichten.

Mauern, so dick und massiv wie die Wände einer Wehrburg.

Mauern, die aus nichts als kristallklarem, aus blankem Eis bestanden.

Kirabs schreckliches Eislabyrinth, es war Wirklichkeit geworden.

Zu einer zweiten Wirklichkeit, in der sie nun gefangen waren.

Gefangen im Eis

Die Wände des Labyrinths dampften vor Kälte; es sah aus, als ob sie eisige Atemwolken ausstießen. Florian und Hongar hatten es geschafft, sich von ihren Fesseln zu befreien. Fasziniert trat der Junge nun näher an eine der Wände. Deren Oberfläche sah so glatt aus, als wäre sie zuerst feinsäuberlich abgeschliffen und dann auf Hochglanz poliert worden.

Florian streckte die Hand aus und berührte die eisige Mauer. »Autsch!« Er spürte, wie seine Fingerspitzen augenblicklich daran klebenblieben, wie sie von einem Moment auf den anderen aneisten. Gerade noch rechtzeitig zog Florian die Hand wieder weg. Trotzdem riß er sich am Daumen die Haut auf.

»Vorsicht!« Hongar sprang hinzu. »Rühr um Himmels willen nichts an!« riet der junge Hauptmann seinem Freund. »Wer weiß, welche Gefahren hier noch auf uns lauern!«

Florian lutschte das Blut von seinem Daumen und gab Hongar mit den Augen zu verstehen, daß er sich von nun an hinter ihm halten würde.

Und dann begann ihr Irrweg durch die Gänge aus Eis, die einer wie der andere aussahen und zu keinem Ziel zu führen schienen. Je tiefer sie in das Labyrinth

vordrangen, desto verzweifelter wurden sie. Ständig kamen sie zu Kreuzungen, wobei meistens nicht nur zwei Wege abzweigten, sondern drei oder zuweilen sogar vier. Und da es keinerlei Hinweise gab, welche der Abzweigungen nun die richtige war, entschieden sie sich wahllos für eine. Die Hoffnung, auf diese Weise ans Ziel, nämlich zu einem Ausgang aus dem Labyrinth zu gelangen, schwand von Minute zu Minute.

Bis in die Tiefen des Irrgartens drang kaum Licht des Geistermondes, dennoch war es so hell wie unter den Flutlichtern eines Fußballstadions. Diese Helligkeit ging von den gefrorenen Wänden aus; als hätte irgend jemand Lampen im Inneren der Wände angeknipst, war das Licht plötzlich angegangen, kaum daß Florian und Hongar ihre Wanderung durch das Labyrinth begonnen hatten. Die Helligkeit brannte ihnen so sehr in den Augen, daß diese tränten. Und den Gefährten fiel es immer schwerer, die Lider, die ihnen plötzlich tonnenschwer vorkamen, offenzuhalten.

Ein Wunsch wurde immer übermächtiger: der Wunsch, sich irgendwo hinzulegen, die Augen zu schließen, nur ein klein wenig zu schlafen. Und so der Kälte und diesem grellweißen Licht zu entrinnen.

Doch dieser Wunsch, das war den Freunden klar, war sehr gefährlich für sie.

Vor zwei, drei Jahren hatte Florian sämtliche Berichte über Polarexpeditionen verschlungen, die er in Buchläden und Büchereien hatte aufstöbern können. Deshalb war es kein Geheimnis für ihn, daß das Bedürfnis nach einer Rast und nach Schlaf ganz fest mit dem Tod im ewigen Eis verbunden war. Denn wenn man sich erst einmal hingelegt hatte, wurde einem so wohlig warm und angenehm zumute, daß man gar nicht mehr ans Aufstehen dachte. Das war dann aber auch schon ein Zeichen dafür, daß der Tod durch Erfrieren bereits unmittelbar bevorstand.

Auch Hongar wußte darüber Bescheid. So stolperten, so schleppten sich die beiden Freunde Stunde um Stunde weiter und immer weiter. Ihnen war, als würden sie sich auf einem automatischen Laufband bewegen, hinter dem ein Film mit den immer gleichen Bildern ablief. Doch ein solches Laufband brachte einen nicht wirklich vorwärts; und ebenso schien es sich auch mit den Gängen in diesem Labyrinth zu verhalten.

»Links oder rechts?« fragte Florian mit schwacher Stimme, als sie wieder einmal vor einer Wegegabelung standen.

»Ist es … nicht egal?« Hongar, der ja viel kräftiger war als Florian, war noch nicht ganz so erschöpft wie sein jüngerer Freund. Seine Antwort klang aber auch nicht gerade ermutigend.

»Ja …«

Das war alles, was Florian noch sagen konnte. Dann versagten ihm die zitternden Knie den Dienst, der Junge sank zu Boden. Er lehnte sich an die Wand zwischen der Gabelung und schloß die Augen.

»Ich … kann auch nicht mehr«, sagte Hongar. »Ruhen wir uns aus … Nur ein paar Minuten …« Und trotz besseren Wissens setzte er sich neben Florian.

Dann war es eine Zeitlang ganz still. Auch Hongar fielen die Augen zu, er konnte gar nichts dagegen tun. Der Atem der Freunde kam flach, fast war es, als hätten sie sich schon auf den sanften Traum eingelassen, der die Erfrierenden in den Tod geleiten würde.

Da fing Florian unvermittelt wieder an zu sprechen: sehr leise und so, als ob er im Schlaf redete.

»Weißt du«, begann er, »früher hab' ich den Winter echt gern gehabt … Als ich ein kleines Kind war, meine ich, und als mein Vati noch gelebt hat.«

»Ja?«

»Da sind wir immer miteinander rodeln gegangen.

Einen ganz steilen Hang hinunter. So ein Hohlweg war das. Das war vielleicht schnell! Aber gefürchtet hab' ich mich damals nie!«

»Dein Vater war ja bei dir ...«

»Genau, das war der Grund. Vati hat hinten auf dem Schlitten gesessen, ich vor ihm. Er hat die Arme links und rechts von mir gehabt, weil er ja gelenkt hat. Und ich hab' mich fest an ihn gedrückt. Ich war vollkommen sicher, daß mir nichts passieren konnte ...«

»Weil er dich beschützt hat ...«

Florian nickte mit geschlossenen Augen. Dann mußte er plötzlich lachen. »Einmal«, sagte er, »da waren wir so schnell, daß wir fast aus einer Kurve hinausgeflogen wären!«

Auch Hongar schmunzelte. »Das sind schöne Erinnerungen«, meinte er.

»Ja ... Und immer, wenn ich an damals zurückdenke«, fuhr Florian fort, »dann bilde ich mir ein, daß es früher immer viel mehr Schnee gegeben hat als später, als ich schon größer war.« Wie ein Schlafwandler deutete er mit einer Geste an, was er meinte, ohne dabei die Augen zu öffnen. »Sooo hoch waren die Schneehaufen immer«, sagte er. »Und die Schneeballschlachten, das waren die wildesten, die du dir nur vorstellen kannst ...!«

Das Lächeln gefror auf seinem Gesicht, als er hinzufügte: »Nur so hoch wie diese Wände hier, so hoch waren sie nie.«

Hongar sagte nichts darauf, und abermals versank der Platz vor der Weggabelung in völliger Stille. Wie auf einem Wecker in einem Stummfilm tickte lautlos die Zeit vor sich hin. Nachdem auf diese Weise mehrere Minuten vergangen waren, hob der junge Hauptmann wieder zu sprechen an.

»Wir ... müssen ... weiter ...«

Hongar mußte sich diese Worte abringen; sie kosteten ihn mehr Überwindung als der härteste Kampf, den er jemals durchgestanden hatte. Einfach dazuliegen: Das war so angenehm! Jede Bewegung verursachte Hongar Unbehagen, verursachte ihm Schmerzen, denn dann spürte er plötzlich wieder die Kälte in seinen Gliedern und den Knochen.

Doch obwohl der Tod ihn schon fast in seinen Fängen hatte, riß sich Hongar noch einmal zusammen. Er zwang sich dazu, aufzustehen, doch er war unglaublich schwer, weil alles in ihm sich nur noch danach sehnte, zu schlafen. Aber er hatte bei dieser Reise in den Norden die Verantwortung für Florian übernommen, der verglichen mit ihm selbst noch ein halbes Kind war.

Während der Nacht im Ballon hatte ihm Florian gezeigt, wie sehr er ihm vertraute. Er *durfte* ihn einfach nicht enttäuschen!

Und schließlich und endlich hatte er Chris und Christina versprochen, alles Menschenmögliche zu tun, um Harald und die anderen zu finden. Wenn er sich jetzt geschlagen gab, dann würde er dieses Versprechen nie einlösen können. Dann wäre alles umsonst gewesen: die lange Fahrt mit dem Ballon, der Kampf gegen die Kartoffelmonster, der Absturz und die Rutschpartie über die eisigen Gebirgshänge.

Deshalb ballte Hongar die Fäuste, deshalb stemmte er sich hoch. Und dann beugte er sich zu Florian, faßte ihn an den Schultern und schüttelte ihn.

»Hast du mich … nicht gehört?« rief er. »Wir … müssen weiter!«

»Nein … Ich …«

»Doch! Wir müssen weiter!«

Da öffnete Florian unter größter Mühe die Lider, und sein müder Blick traf den seines Freundes. Und mit einemmal war es, als hätte sich zwischen den

Augen der beiden eine unsichtbare Brücke aufgebaut, über die sie sich gegenseitig Kraft geben.

»Hongar?«

»Ja, Florian?«

»Werden … werden wir hier jemals wieder rausfinden?«

Eine Pause. »Ich weiß es nicht, Florian«, antwortete Hongar dann. »Aber wir können nicht so einfach aufgeben!«

»Nein … Wir müssen's versuchen!«

»Genau. Wir müssen's zumindest versuchen …«

Florian stützte sich gegen seinen Freund, und auf diese Weise kam er langsam wieder hoch. Seine Ohren und die Nasenspitze waren so rot gefroren, als wollte er damit Kirabs Flatterern Konkurrenz machen. Er rieb die klamm-tauben Finger aneinander und steckte sie dann in die Taschen seiner Jacke.

Hongar zog ihm fürsorglich die Pelzkapuze über den Kopf. »So«, sagte er. »Und jetzt beweisen wir diesem Kirab, aus welchem Holz wir geschnitzt sind! Und daß wir nicht so schnell klein beigeben!«

Florian starrte Hongar mit offenem Mund an, schließlich schluckte er. »Du bist … so mutig«, meinte er. »Aber ich … ich hab' solche Angst …!«

Hongar schüttelte den Kopf. »Ich bin nicht so mutig, wie es aussieht«, widersprach er dem Jungen. »Auch ich habe Angst. Die ganze Zeit.« Eindringlich sprach er weiter: »Aber was ich dir im Ballon gesagt hab', das gilt natürlich immer noch: Ich bin für dich da! Und gemeinsam können wir's schaffen! Davon bin ich überzeugt!« Für einen Moment hatte es den Anschein, als wollte Florian darauf etwas erwidern. Dann beließ es der Junge jedoch bei einem Achselzucken und wandte sich der Stelle zu, an der sich der Weg gabelte.

Und stutzte. Was war denn das dort drüben, ein

kleines Stück die rechte Abzweigung hinunter? Eine Art rötliches Leuchten hielt seinen Blick gefangen. Komisch, dachte Florian, daß ich das nicht gesehen hab', als wir vorhin hierhergekommen sind!

Er überzeugte sich, daß auch Hongar die seltsame Erscheinung nicht entgangen war. Dann lief er auf das Leuchten zu.

Beim Näherkommen sah er, daß es sich dabei um eine einzelne, langstielige rote Rose handelte.

Eine Rose, die geradewegs aus dem steinhart gefrorenen Boden wuchs und deren halbgeöffnete Blüte und Blätter von einer hauchdünnen Schicht Eis überzogen waren. Diese Schicht ähnelte einem frostigen Schleier aus brüchigem Glas, der sich über die zarten roten Blütenblätter gelegt hatte. Und im Licht, das von den Wänden des Labyrinths ausging und auf die Eisrose fiel, schien es, als hätte die Blume Feuer gefangen.

An Hongars knirschenden Schritten merkte Florian, daß ihm sein Freund nachgekommen war. Er drehte sich zu ihm um, und Hongar sah, daß aus Florians Gesicht die Mutlosigkeit verschwunden war.

»Schau doch, Hongar!« rief Florian mit glänzenden Augen. »Vielleicht ist das ein Zeichen! Vielleicht haben wir doch noch eine Chance!«

»Du meinst, das ist eine Art Wegweiser? Damit wir diese Abzweigung hier nehmen?«

»Ja! Freilich!«

»Es *könnte* natürlich auch das genaue Gegenteil sein: eine Täuschung, um uns in die Irre zu locken!«

»Das glaub' ich nicht. Nein, das kann nicht sein. *So* eine schöne Rose!«

Der Soldat überlegte noch einen Moment, dann nickte er. »Nun gut!« meinte er. »Dann mal los!«

Das Eskimomädchen

Anscheinend hatte es sich bei der Rose tatsächlich um so etwas wie einen Wegweiser gehandelt. Denn nachdem Florian und Hongar dem Gang aus Eis nur wenige Minuten lang gefolgt waren, wurde er merklich breiter. Und nach etwa einem Kilometer gab er den Blick auf einen weiten, winterlichen weißen Talkessel frei.

»Ich glaub's nicht«, stieß Hongar hervor. »Ist das wirklich ein Ausgang?«

Aber damit hatte der junge Hauptmann nicht ins Schwarze getroffen. Das Tal hatte nämlich mehr Ähnlichkeit mit einer Falle als mit dem ersehnten Fluchtweg in die Freiheit. Es war eine Ebene wie die, durch die die Freunde vorhin auf den Resten des Ballonkorbs geschlittert waren und in der sich die Schmiede befand. Statt vom Felsengebirge war sie jedoch von den Eismauern des Labyrinths umgeben. Die frostig glänzenden Wände zogen sich um das gesamte Tal, ihre obersten Spitzen wurden von bedrohlichen Wolken verhüllt.

Die Gefährten waren also immer noch Gefangene in Kirabs Irrgarten. Und doch hatte sich ihre Lage entscheidend geändert.

Denn in dem Tal, das sich vor ihnen aufgetan hatte, gab es Anzeichen von menschlichem Leben. Ein paar Iglus bildeten ein kleines Stück entfernt einen lockeren Kreis um ein riesiges Lagerfeuer. Dort hingen an langen Stangen Kessel, aus denen es munter herausdampfte.

Hongar stieß Florian an und deutete in Richtung der Behausungen, die aus rechteckigen Eisblöcken zusammengebaut waren. Aber der Junge hatte die Iglus schon selbst entdeckt, und außerdem kannte er sie natürlich aus Büchern und Filmen über die Eskimos seiner Welt.

Die Freunde machten sich gerade auf, um die Iglus aus der Nähe zu erkunden, da kam hinter einem der Schneehäuser eine kleine Gestalt hervor. Sie war in dicke Felle gehüllt, und winkte ihnen anscheinend hocherfreut zu. Sobald sie in Rufweite war, konnten Florian und Hongar ihre Begrüßung hören: »Hallo! Da seid ihr ja!«

Dann stand der Iglubewohner auch schon vor ihnen. Zwischen Kragen und Pelzmütze guckten nur die Nasenspitze und die asiatisch schrägen Augen hervor. Auf Florian machte sein Gegenüber den Eindruck eines waschechten Eskimos.

»Wir haben schon auf euch gewartet«, sagte die Gestalt nun mit heller Stimme. »Ich und die anderen im Dorf«, fügte sie mit einer erklärenden Handbewegung zu den Iglus hinzu. Daraufhin klappte sie den Kragen hinunter und schenkte den Freunden ein freundliches Lächeln. »Ich heiße Nursia, und ich freu' mich, daß ihr zu uns gefunden habt!«

Die Gefährten schauten verblüfft drein. Einerseits, weil sie nun erkannten, daß es ein Mädchen ungefähr in Lisas Alter war, das sie so freundlich empfangen hatte. Und andererseits, weil dieses Mädchen über sie Bescheid zu wissen schien.

»Wieso hast du auf uns gewartet? Woher hast du denn gewußt, daß wir kommen?«

Hongars Worten folgte ein leicht verlegenes Lächeln. »Wirklich gewußt haben wir's natürlich nicht. Aber Kirab hat uns durch eines seiner Vampirmonster eine Nachricht geschickt. Darin hat er uns mitteilen lassen, daß es *möglich* wäre, daß wir schon bald Besuch kriegen ...«

Florian verkrampfte sich vor Schreck, und Hongar trat unwillkürlich einen Schritt zurück: Sie hatten gedacht, auf Freunde gestoßen zu sein. Und nun war schon wieder Kirab im Spiel.

»Kirab?« rief Hongar deshalb auch. »Der hat euch was ausrichten lassen? Ja ... Gehört ihr denn zu ihm?«

Schlagartig machte sich ein bestürzter Ausdruck im Gesicht des Eskimomädchens breit. »Um Himmels willen!« schrie es. »Nein! Natürlich nicht! Wir sind seine Gefangenen, so wie ihr zwei!«

»Aber wieso ...«

Doch Florian wurde von Nursia unterbrochen. »Wieso er dann mit uns in Kontakt tritt? Ist es das, was du fragen willst?«

Florian und Hongar bejahten fast gleichzeitig.

»Das tut er immer, wenn die Möglichkeit besteht, daß wir Gäste bekommen«, erklärte das Eskimomädchen. »Also dann, wenn er wieder jemanden in seinem Labyrinth eingeschlossen hat und dieser Jemand unter Umständen den Weg hierher zu uns findet.«

»Und war die Rose, die wir gefunden haben, ein Zeichen für uns?« fragte Florian. »Ein Zeichen von euch?«

Nursia nickte eifrig. »Freilich«, antwortete sie. »Hat sie euch denn zu uns geführt? Hat sie euch geholfen?«

»Das kann man wohl sagen!« bestätigte Hongar. »Wahrscheinlich hat sie uns das Leben gerettet! Wir wollten schon fast aufgeben ...«

»Dann hat sie ihren Zweck erfüllt!« Das Mädchen

freute sich sichtlich. »Meine Freunde und ich, wir haben uns gedacht, daß beim Weg durch das Labyrinth zumindest eine klitzekleine Hilfe erlaubt sein muß. Das war zwar eindeutig gegen Kirabs Anweisungen, aber wenn jemand schon so weit gekommen ist, haben wir uns gesagt, dann sollte er sich nicht an der allerletzten Abzweigung noch verlaufen!«

»Ja … Das war wirklich eine tolle Idee!« Hongar schaute sich mit gerunzelter Stirn um. »Aber was passiert nun hier mit uns?« meinte er.

»Nichts«, antwortete das Mädchen. »Rein gar nichts. Ihr kommt mit in unser Dorf, und dort könnt ihr in unserer Gemeinschaft leben.« Als es die fragenden Blicke ihrer Besucher sah, fügte es jedoch rasch hinzu: »Außer, ihr wollt den Versuch wagen und den Ausgang aus dem Labyrinth suchen.«

»Den Ausgang?«

»Wo ist der denn?«

Die Freunde waren gleichermaßen aufgeregt.

»Ganz in der Nähe«, sagte Nursia. »In einer verwunschenen Höhle gleich hinter dem Dorf.« Sie hob mit einer warnenden Geste die Hände und zog die schmalen Augen so zusammen, daß sie nur noch schwarze Striche über ihren hohen Backenknochen waren. »Aber ich würd' euch nicht raten, euch auf diese Suche einzulassen!«

»Nein? Warum denn nicht?«

»Weil sich immer nur einer dazu aufmachen kann. Und der ist dann ganz auf sich allein gestellt.«

»Ist das der einzige Grund?« fragte Hongar selbstbewußt. »Das schreckt mich nicht!«

Nursia war anzumerken, daß sie sich bei der Wendung, die das Gespräch genommen hatte, nicht allzu wohl in ihrer Haut fühlte. »Es hat auch jeder, der sich darauf einläßt, nur einen einzigen Versuch«, gab sie zu bedenken.

»Na ja …«

»Und niemand weiß, was sich in dieser Höhle verbirgt«, fügte das Mädchen mit zitternder Stimme hinzu.

»Ihr habt keine Ahnung?«

»Es gibt nicht den geringsten Hinweis?«

»Nun ja …«, räumte Nursia ein. »Den gibt es schon.«

»Und zwar?«

»Den Hinweis, daß in der Höhle eine Gefahr haust. Eine furchtbare Gefahr. Eine Gefahr, die jeden vernichten wird, der die Suche nach dem Ausgang wagt!«

Das Dorf der Kinder

Als Florian und Hongar schließlich ins Dorf der Eskimos kamen, forderten die übergroßen Strapazen der letzten Zeit endgültig ihren Tribut. Die beiden waren dermaßen erschöpft, daß sie sich kaum noch auf den Beinen halten konnten. Nach einer kurzen Begrüßung der Dorfbewohner zogen sie sich deshalb sogleich in das Iglu zurück, das ihnen von Nursia zugewiesen wurde. Dort vergruben sie sich in einem wahren Berg von Decken und Pelzen und fielen in einen tiefen Schlaf. Erst einen ganzen Tag und die darauffolgende Nacht später erwachten sie vom würzigen Geruch der heißen Fleischbrühe, die ihnen das Mädchen neben ihr Lager gestellt hatte. Der Schlaf hatte wahre Wunder bewirkt. Er hatte den Gefährten ihre Kraft und ihren Mut wiedergegeben; sie fühlten sich frisch und erholt und zu neuen Taten bereit.

Nur die Erinnerung an einen Traum der vergangenen Nacht beunruhigte Florian ein wenig.

»Weißt du«, erzählte er Hongar zwischen gierigen Schlucken aus der tönernen Suppentasse, »wir waren hier in diesem Dorf. Und überall standen die Eskimos herum: Männer und Frauen und Kinder. Auch Nursia war dabei. Und urplötzlich, da sind die Erwachsenen so komisch durchsichtig geworden, so wie beim Beamen auf der *Enterprise*. Aber das kennst du ja nicht. Jedenfalls haben sie sich auf einen Schlag in Luft aufgelöst. Nur die Kinder waren noch da. Mutterseelenallein. Und niemand hat sich um sie gekümmert ...«

»Kein netter Traum«, billigte ihm Hongar zu. Er hatte gerade zu einem Schluck angesetzt, hielt aber in der Bewegung inne. Ein seltsamer Verdacht war ihm in den Sinn geschossen. »Das bringt mich auf ...«, murmelte er.

»Ja? Worauf denn?«

Hongar stellte die Tasse auf den Eisblock, der ihnen als Tisch diente. »Hast du ...«, begann er zögernd, »hast du gestern, als wir hier angekommen sind ...«

»Hab' ich *was*?«

»Kannst du dich erinnern, Florian, *Erwachsene* gesehen zu haben?«

Der junge Hauptmann hatte noch nicht ausgesprochen, da fiel es Florian wie Schuppen von den Augen. »Nein!« rief er. »Natürlich nicht! Da waren ... wirklich: Da waren nur Kinder!«

»Wie in deinem Traum!«

»Logo!«

Hongar suchte nach einer Erklärung dieser ungewöhnlichen Situation. »Wir waren gestern einfach zu müde, um das bewußt mitzukriegen. Aber dein Unterbewußtsein hat's gespeichert. Und dann hast du davon geträumt.«

Einen Moment lang schaffte es Florian nicht, die Gedankenflut, die durch seinen Kopf wirbelte, in Worte zu fassen. »Du meinst also«, versuchte er es endlich doch, »daß mir mein Traum die Wirklichkeit gezeigt hat? Daß es hier im Dorf tatsächlich keinen einzigen Erwachsenen gibt?«

Hongar stand bereits an dem niedrigen Ausgang des Iglus. Er schob die dicke Decke, die die Kälte und den Wind draußen hielt, zur Seite. »Das«, erwiderte er, »läßt sich leicht feststellen ...«

Um ein Haar wäre er mit Nursia zusammengestoßen, die gerade das Iglu betreten wollte.

»Ah«, sagte das Mädchen. Unbefangen schaute es von einem zum anderen und strahlte die Freunde mit schneeweißen Zähnen an. Nursia trug nun keine Mütze, und Florian stellte insgeheim fest, daß sie mit ihrem halblangen, rabenschwarzen Haar sehr hübsch aussah.

»Euch geht es anscheinend besser«, meinte Nursia. »Das ist gut! Das ist *sehr* gut!«

Nursia trat vom Eingang des Iglus zurück und gab Hongar den Weg nach draußen frei. Florian folgte dem Hauptmann, und dann wurde ihm klar, daß sie mit ihrer Vermutung recht gehabt hatten. Auch diesmal konnten sie keine Erwachsenen entdecken, sie befanden sich tatsächlich in einem Dorf der Kinder.

Nursia und die anderen jungen und jüngsten Bewohner der Siedlung hatten sich in einem Halbkreis vor dem Iglu aufgestellt. Es waren zwischen fünfzehn und zwanzig Kinder, die Florian und Hongar mit neugierigen Blicken maßen. Das jüngste von ihnen war noch fast ein Baby: Es mochte vielleicht zwei Jahre alt sein. Es saß auf dem Arm eines hochaufgeschossenen Jungen, den Florian auf etwa sechzehn schätzte. Die Haare des Jungen waren glatt und so tiefschwarz wie die aller Kinder des Dorfes. Sie waren aber noch ein gutes Stück länger als die von Nursia, und der Junge trug sie zu einem Pferdeschwanz zusammengebunden. Er hatte den Kopf hoch erhoben und trug eine feierliche Miene zur Schau. Florian vermutete, daß er so etwas wie der Anführer der Eskimokinder war. Und der Junge war es auch, der als erster das Wort ergriff.

»Ich bin Nerus«, sagte er und bestätigte dann Florians Eindruck. »Ich bin für das Wohl unseres Dorfes verantwortlich. Es erfüllt mich mit großer Erleichterung, daß ihr euch erholt habt!«

Mann, dachte Florian, drückt der sich aber geschwollen aus! Laut jedoch sagte er: »Dann stimmt es also?«

»Wovon sprichst du?«

»Er spricht davon«, sagte Hongar, »daß es hier keine Erwachsenen gibt! Wo in aller Welt sind denn eure Eltern?«

Furchtsame Blicke aus großen Kinderaugen trafen Florian und Hongar, und auf dem Platz zwischen den vielleicht zehn Iglus herrschte angsterfüllte Stille, bevor Nursia leise die Frage des jungen Hauptmanns beantwortete.

»Sie sind fort«, sagte das Mädchen. »Sie haben nach dem Ausgang aus dem Labyrinth gesucht. Sie wollten nicht, daß wir ... daß ihre Kinder in einem ... einem Gefängnis aufwachsen müssen.«

»Aber keinem von ihnen ist es gelungen, unsere mißliche Lage zum Besseren zu wenden«, fügte Nerus hinzu. »Keiner von ihnen ist jemals wieder zu uns zurückgekommen.«

Einige der Kinder senkten den Blick zum Boden, der von zertrampeltem Schnee bedeckt war. Auch Nursia und Nerus sahen nun sehr traurig aus.

»Keiner von ihnen hat's geschafft«, sagte das Mädchen leise. »Sie sind in der Vorkammer der Höhle. Ich hab' euch ja schon von den Gefahren erzählt, die bei der Suche nach dem Ausgang drohen.« Nursias Stimme klang wie das Flügelschlagen eines verwundeten Vogels. »Sie haben ihren Wagemut mit dem Leben bezahlt. Sie sind zu Wesen aus Eis geworden!«

Der einzige Ausgang

Wie eine ungeheure Leuchtstoffröhre ragte der Eisberg vor ihnen auf. Das Tor zur Höhle, von der Nursia und Nerus gesprochen hatten, war eine Art Eistunnel, der ebenso wie alle Wände des Labyrinths Licht abstrahlte. Er wirkte wie der gähnende Schlund eines urzeitlichen Tiefseeungeheuers, das durch die Helligkeit seines Mauls Beutetiere anzulocken versuchte. Hongar spähte hinein, achtete dabei aber sorgsam darauf, die Schwelle des Tunnels nicht zu überschreiten.

»Und ihr seid euch sicher, daß das hier der einzige Ausgang aus dem Labyrinth ist?« versicherte er sich zum wiederholten Male.

»Jaja, ganz sicher. Kirab hat es unseren Eltern erzählt, als er hier um unser Dorf seinen Irrgarten entstehen ließ. Unser Volk lebt nämlich schon seit Generationen hier an diesem Ort. Kirab hat unsere Eltern einfach dazu gezwungen, das Empfangskomitee für seine Gefangenen zu spielen. Damals hat er ihnen auch von dem Ausgang erzählt.«

»Ich würd' aber nicht alles glauben, was Kirab sagt«, gab Florian zu bedenken.

Nursia warf in einer verzweifelten Geste die Arme hoch. »Aber es gibt sonst keinen anderen Ausgang!

Glaubt uns das doch! Als unsere Eltern verschwanden und wir Kinder hier allein zurückgeblieben sind, ist die Versorgung von Kirabs Gefangenen zu unserer Aufgabe geworden. Obwohl wir doch selbst nichts anderes sind als Gefangene!«

Die Kinder waren von der Erinnerung, die Nursias Erzählung bei ihnen auslöste, so aufgewühlt, daß sie anfingen, alle durcheinanderzureden.

»Wir haben das ganze Tal abgesucht!« rief eines.

»Zentimeter für Zentimeter!« fügte ein anderes hinzu.

»Nerus und Nursia sind sogar ein Stück ins Labyrinth gegangen!« schrie ein Mädchen.

»So mutig waren die!« rief ein Junge.

»Aber alles war umsonst!« faßte Nerus zusammen. »Es war uns nicht vergönnt, die Freiheit wiederzuerlangen!«

Wie schon sein Freund zuvor maß Florian den Höhleneingang mit skeptischen Blicken. »Das hat er ja ganz schön clever eingefädelt, dieser Kirab«, sagte er. »Wirklich voll clever!«

»So, daß uns beim besten Willen keine andere Wahl bleibt!« meinte auch Hongar.

»Ja, wir müssen einfach in diese Höhle!«

»Denn anderenfalls würden wir für ewig hier festsitzen. Und wir hätten keine Chance, Harald und die anderen zu finden.«

Als der junge Hauptmann Haralds Namen aussprach, spitzten die Eskimokinder die Ohren.

»Harald?« fragte Nerus. »Meinst du vielleicht jenen Harald, der gemeinsam mit seiner Tochter Lisa und einem grünen Quasselwesen unterwegs war?«

»Ja! Freilich! Waren sie hier bei euch? Ist es ihnen gutgegangen?«

»Sie waren wohlauf«, antwortete Nerus. »Wenngleich sie einen Kampf mit Kirabs Vampirmonstern hinter sich hatten und von den Biestern gefangengenommen worden waren.«

»Und sie haben sie ins Labyrinth gesperrt: so wie euch beide!« Nursia schaute neugierig von Hongar zu Florian. »Kennt ihr die drei denn?« fragte sie.

»Ob wir sie kennen? Wir sind auf der Suche nach ihnen! Sind sie …« Florian wandte sich wieder der Höhle zu. »Sind sie dort hineingegangen?«

Nursia nickte. »Obwohl wir ihnen so sehr abgeraten haben«, sagte sie. »Aber so wie ihr waren auch sie auf der Suche nach jemandem: nach den Gesandten aus der Stadt des Lichts. Auch diese hatte das Schicksal zu uns verschlagen. Und es war genauso wie dann später bei Harald: Sie haben ebenfalls den Weg in die Höhle gewagt.«

»Sicher ist Harald als erster hineingegangen«, vermutete Hongar.

»Genau«, bestätigte Nursia. »Das heißt, es gibt da eine Art Vorhöhle, das ist der erste Raum, in den man kommt. Bis dorthin haben wir Harald und die anderen begleitet. Der Weg ist nicht gefährlich, und man kann von dort immer noch umkehren, wenn man sich's anders überlegt. Und von dieser Vorhöhle aus ist Harald als erster aufgebrochen, das stimmt. Nach einiger Zeit ist ihm Lisa gefolgt. Und als letzter war Quassel dran.« Für einen Moment verflog der Schwermut aus Nursias Gesicht. »Der war vielleicht lustig!« sagte sie. »Wir haben soviel über ihn lachen müssen!«

»Ja, der Quassel, der kann recht spaßig sein«, gab Florian ihr recht. Dann wechselte er aber gleich wieder das Thema. »Und ihr wißt nicht, ob sie's geschafft haben? Ob sie zur anderen Seite der Mauern gelangt sind?«

Ratlosigkeit machte sich unter den Kindern breit. »Wir haben keine Ahnung«, sprach Nursia schließlich aus, was alle dachten.

»Und eure Eltern?«

»Wenn ihr wirklich nach dem Ausgang suchen wollt, dann werdet ihr sie finden. Sie befinden sich in der Vorhöhle, von der ich euch gerade erzählt habe. Und wie gesagt: Von dort aus könnt ihr immer noch zu uns zurückkommen, vergeßt das nicht!«

»Wir werden daran denken«, versprach Hongar.

»Nur wenn ihr euch noch weiter vorwagt, dann ...«

Nursia ließ den Satz offen, und Nerus sprach an ihrer Stelle weiter: »Wir würden es vorziehen, nicht mit euch in den Vorraum zu gehen. Wir denken, daß Kirab unsere Eltern nur aus einem Grund in dieser ersten Höhle zu Eis verwandelt hat: um uns dadurch abzuschrecken, den Ausgang auf eigene Faust zu suchen! Kirab will, daß wir im Tal bleiben und seine Gefangenen empfangen. So ist das! Dies ist unser Los!«

»Seid uns bitte nicht böse!« bat nun auch Nursia. »Aber der erneute Anblick unserer armen Eltern würde uns das Herz brechen.«

»Ist schon in Ordnung! Wir werden allein gehen!«

Und auch Florian versicherte ihnen: »Das ist kein Problem für uns!«

Florian und Hongar verabschiedeten sich von jedem einzelnen der Eskimokinder, ganz besonders herzlich aber von Nursia und Nerus. Sie dankten ihnen nochmals dafür, daß sie ihnen zu essen gegeben hatten, sie lobten den Schneehasenbraten und die gegrillten Schneehühner, die ihnen aufgetischt worden waren. Und sie betonten, wie gut sie sich in ihrem Iglu ausgeschlafen hatten.

Daß sich die Freunde unbewaffnet auf die gefährliche Suche nach dem Ausgang machen mußten, dafür konnten die Eskimokinder nichts. Als Kirab sie gefangennehmen ließ, hatte eines der Kartoffelfratzenmonster Hongar auch das Schwert abgenommen. Im gesamten Igludorf gab es jedoch kein einziges Schwert, keine Lanze, keinen Dolch, mit dem sich die Freunde hätten ausrüsten können. Nichts außer ein paar stumpfen Küchenmessern hatten Kirabs Monstergehilfen den Kindern gelassen.

Aber daran ließ sich nichts ändern. So machten sich Florian und Hongar auf den Weg. Und nur ihre gläsernen Steine trugen sie bei sich, denn diese zu berühren, das hatten die Ungeheuer sich nicht getraut.

Für einen Augenblick zeichneten sich ihre Gestalten, die hünenhafte Hongars neben der schmalen Florians, noch dunkel gegen das Licht der eisigen Wände ab.

Als sich Florian ein letztes Mal umwandte, begegnete sein Blick dem Nursias. Er hob die Hand zu einem stummen Gruß. Werden wir uns jemals wiedersehen? dachte er verzagt.

Doch das war eine Frage, auf die es zu diesem Zeitpunkt keine Antwort gab. Und bereits einen Moment später waren Hongar und er in dem geheimnisvollen Tunnel verschwunden.

Die Vorhöhle

Der Tunnel zur Vorhöhle war nur wenig höher als Hongars Scheitel, und kaum hatten ihn die Freunde betreten, waren sie von gleißender Helligkeit umhüllt. Der Glanz des Eises, der Florians und Hongars Augen schon vorher zu schaffen gemacht hatte, war hier noch intensiver und blendender. Abermals tränten den Freunden die Augen, sie sahen die Wände des Tunnels wie durch einen Schleier. Aber sie hielten nicht inne. Sie wischten sich mit der Hand über die nassen Wangen und beschleunigten energisch ihre Schritte. Und schon bald standen sie in der Höhle, von der Nursia und Nerus gesprochen hatten.

Dieser letzte Teil des Ausgangs, in dem Florian und Hongar beisammenbleiben konnten, war fast kreisrund. Hongar durchmaß die Höhle rasch, er benötigte dafür nicht mehr als zehn weite Schritte. Eine Kuppel aus Eis spannte sich darüber wie eine gigantische Kristallschale, die ein riesenhaftes Wesen über die Freunde gestülpt hatte, um ihnen die Freiheit zu rauben. Hier war der Eisboden extrem glatt, so daß Florian und Hongar ständig in der Gefahr waren, auszurutschen.

Die Freunde blickten sich um. Trotz des grellen

Lichts, das sie in den Augen schmerzte, versuchten sie, Einzelheiten ihrer Umgebung zu erkennen.

»Und wo … sind jetzt die Eskimoeltern?« fragte Florian halblaut. Seine Hand fuhr erschrocken zum Mund, als er merkte, wie sehr seine Stimme in der Höhle hallte.

»Keine Ahnung«, antwortete Hongar, dem das Echo ähnlich wie in der Schmiede vorkam. »Ich kann nichts …«

Doch er hatte noch nicht fertig gesprochen, da begann es plötzlich, in der Höhle dunkler zu werden. Das heißt, es wurde nicht wirklich finster. Die Helligkeit des Lichts ließ jedoch so weit nach, daß Florian und Hongar die Wände genauer untersuchen konnten.

Zögernd traten sie näher.

Und als sich ihre Augen an die neuen Lichtverhältnisse gewöhnt hatten …

Da sahen sie etwas so Schreckliches, da sie für ein paar Momente zu atmen vergaßen und dann keuchend nach Luft ringen mußten.

Auf einen Schlag wurde ihnen nämlich klar, daß Nursia und Nerus nicht übertrieben, sondern daß sie ihnen die volle Wahrheit erzählt hatten.

Denn wohin sich Florian und Hongar auch wandten, starrten ihnen Gesichter voller Verzweiflung, Mienen voller Schmerz und Leid entgegen.

Ihnen war ein solcher Anblick des Grauens nicht ganz neu. Im Stollen der Steinkrake im Bergwerk der gläsernen Steine wären sie um ein Haar selbst zu steinernen Säulen geworden.* Und Florian hatte gemeinsam mit Lisa in einer Höhle auf der Ferieninsel im Geistermeer Kinder entdeckt, die zu purem Gold erstarrt waren.**

* vgl. Band 76 102: ›Das Geheimnis der steinernen Teufel‹

** vgl. Band 76 105: ›Das Geheimnis der sprechenden Delphine‹

Auch bei dem Abenteuer auf der Insel hatte Kirab seine Finger im Spiel gehabt: Seine bösartige Handschrift war unverkennbar. Wenn er einen Gegner in seiner Gewalt hatte, dann brachte er ihn nicht einfach zur Strecke. Anscheinend liebte er es, mit ihm seine heimtückischen Spielchen zu treiben. Wie mit den Eltern der Eskimokinder, die er in die Höhlen gelockt und dann im Eis eingeschlossen hatte.

Wobei ›eingeschlossen‹ wohl nicht das rechte Wort war. Denn die armen Wesen waren tatsächlich ein Teil der Wände geworden. Sie hatten sich in Eis verwandelt, sie waren vollständig mit den eisigen Mauern verschmolzen. Ihre Züge wirkten, als hätte ein Künstler sie mit Hammer und Meißel in die Höhlenwände geschlagen. Und nur die tief empfundenen Gefühle, die aus ihnen sprachen, legten Zeugnis davon ab, daß es sich bei ihnen einmal um wirkliche, um lebendige Menschen gehandelt hatte.

Gefühle der Trauer waren das: weil sie nun für ewig von ihren Kindern getrennt waren.

Gefühle der Hoffnungslosigkeit: weil sie sie niemals wieder in die Arme würden schließen können.

Und die Freunde verstanden nun, weshalb die Eskimokinder sie nicht bis in diese Höhle begleiten wollten. Der neuerliche Anblick ihrer hilflosen Eltern wäre wohl nicht nur für die jüngsten von ihnen zuviel gewesen.

»Ich kann … Ich kann mir das nicht länger ansehen!«

Florian entging nicht, wie sein Freund nach Fassung rang. Kein Wunder: Der junge Hauptmann dachte wohl an seine eigenen Eltern. Und daran, daß er selbst ein Kind gewesen war, das ohne den Schutz und die Liebe von Vater und Mutter hatte aufwachsen müssen.

Auch Florian ging es natürlich nicht anders. Am liebsten wäre er auf schnellstem Wege aus der Höhle gerannt. Aber das war nicht möglich: Hongar und er hatten einen Auftrag zu erfüllen! Und der Schrecken, dem sie eben begegnet waren, hatte es für sie nur noch deutlicher gemacht: Sie *mußten* den Weg aus Kirabs Labyrinth finden und dem Terror des Gnoms dadurch Einhalt gebieten!

»Also gut: Ich geh' als erster!«

Florian hatte erwartet, daß Hongar das sagen würde. Und der Junge wußte auch, daß es keinen Sinn hatte, mit seinem Freund darüber zu streiten. Hongar fühlte sich für ihn verantwortlich, daran gab es nichts zu rütteln. Und wenn es auch nur die geringste Chance gab, daß der Soldat den Ausgang finden würde und seinen Schützling dann gefahrlos zu sich ins Freie holen konnte, dann würde er diese auch zu nützen wissen.

So nickte Florian bloß. Er ergriff Hongar am Arm, als sein Freund auf den Ausgang der Vorhöhle zutrat. Dieser zweite Tunnel lag jenem, durch den sie gekommen waren, genau gegenüber, und er war genauso blendend hell und lichtdurchflutet.

Hongar schaute Florian in die Augen.

»Paß auf dich auf!« flüsterte der Junge. Er bemühte sich, den Kloß in seinem Hals hinunterzuschlucken.

»Mach' ich!« sagte Hongar. »Wird schon schiefgehen!« Er versuchte ein Grinsen, das ihm aber gründlichst mißlang. Dann betrat er den Tunnel.

Obwohl Florian nicht die Absicht hatte, seinem Freund nachzugehen, stieg er doch unwillkürlich noch einen Schritt nach vorn. Da spürte er, wie sich ihm eine unsichtbare Barriere entgegenstellte: eine Mauer aus reiner Energie, die über Florians ganzen Körper ein Prickeln legte. Die ihn zuerst einen Augenblick lang umhüllte und ihn dann zurück in die Höhle drängte.

Eine Mauer, die erst dann nachgeben würde, wenn

es für den Jungen an der Zeit war, die Grenze zum Tunnel zu überschreiten.

In der Entfernung begannen Hongars Umrisse sich immer mehr aufzulösen. Es hatte den Anschein, als hätte sich der junge Hauptmann in ein Schneegestöber vorgewagt, das so dicht war, daß es ihn allen Blicken entzog.

Und dann, von einem Moment auf den anderen, war Hongar verschwunden.

Mit klopfendem, mit bangem Herzen blieb Florian allein in der Vorhöhle zurück. Und er fragte sich, ob sie das Richtige getan hatten.

Oder ob sein Freund und er nicht soeben einen schrecklichen Fehler begangen hatten …

Das Mammut und die Weisen

Die Zeit verging, und nichts tat sich. Florian wurde immer nervöser. Er hatte den vereisten Gesichtern der Eskimoeltern den Rücken zugekehrt, fuhr aber immer wieder herum, weil er sich einbildete, von hinten würden sich feindliche Monster an ihn anschleichen. Aber da war nichts, er war allein. Alle paar Minuten startete er einen neuerlichen Versuch, in den Tunnel einzudringen, in dem Harald verschwunden war. Doch jedesmal stellte sich ihm diese unsichtbare Kraft entgegen, jedesmal baute sich diese Barriere auf, die er beim besten Willen nicht überwinden konnte.

Florian trat unruhig von einem Fuß auf den anderen. Blieb er jedoch nur wenige Sekunden still stehen, dann fühlte er, wie etwas Schauriges vor sich ging. Dann spürte er nämlich, wie ihm die Kälte des gefrorenen Bodens in die Beine kroch.

Wie sie seine Stiefel, die Hose, ja sogar seine Haut und die Muskeln durchdrang.

Wie sie sich inmitten seiner Knochen festsetzte.

Und wie seine Füße am Boden festzufrieren begannen.

Es war gruselig, es war ekelhaft. Und da sich Florian gleichzeitig ziemlich über das lange Warten ärgerte, fing er an, wie zuvor Kirab herumzutanzen. Auf diese Weise schaffte er es, das schlimme Gefühl in seinen Beinen zu vertreiben.

Doch dann, plötzlich, war die Barriere am Eingang zum Tunnel verschwunden. Der Weg war frei, und das hieß, daß Hongar entweder den Ausgang gefunden hatte, oder … Aber an diese zweite Möglichkeit wollte Florian gar nicht denken. Denn sie würde bedeuten, daß seinem Freund etwas zugestoßen war.

Florian verdrängte die Angst, die sich seiner zu bemächtigen drohte, und betrat den Tunnel. Es war wie vorhin im Zugang zur ersten Höhle: Wie gischtspritzende Wellen wogte das Licht aus den Wänden auf den Jungen zu, es brandete auf ihn ein, es schlug über ihm zusammen. Und trieb ihn zur Eile.

Und bereits nach kurzer Zeit befand sich Florian in einer zweiten Höhle. Das heißt, eher war es ein ungeheurer unterirdischer Palast, erfüllt von einem Gleißen, einem Funkeln und Strahlen wie von Millionen der reinsten Edelsteine. Florian war sprachlos vor Staunen; wie schon so oft in der Geisterwelt stand er mit offenem Mund da und glaubte, geradewegs in ein Märchen aus seiner Kindheit geraten zu sein.

Es war eine schier unvorstellbare Pracht, die Florian umgab; er kam sich vor wie in Aladdins Schatzhöhle. Weit über Florians Kopf schien Stern an Stern gereiht zu sein, einer prächtiger als der andere. Florian schritt über einen Teppich wie aus durchsichtigen Perlen, und im Zentrum der Höhle ragte eine riesige Säule auf: wie ein gigantischer Wasserfall, in dem sich die Strahlen der Sonne brachen.

Fast wie der Himmelsfall, dachte Florian. Und dieser Gedanke riß den Jungen aus seiner Bewunderung. Er erinnerte ihn wieder an seine Freunde und an den Grund, aus dem er eigentlich in diese schloßartige Höhle gekommen war. Er machte sich klar, daß all diese Pracht und Herrlichkeit von keinem anderen als Kirab, seinem Feind, erschaffen worden war. Daß sie nur Täuschung war, daß sie aus nichts als steinhartem Eis, aus bitterer Kälte und tödlichem Frost bestand. Und daß Kirab sie nur zu einem einzigen Zweck hatte entstehen lassen: um zuvor seine Freunde und jetzt ihn zu blenden, um sie von ihrem eigentlichen Vorhaben abzulenken. Und das war, den Weg nach draußen zu finden.

Instinktiv erkannte Florian, daß der Ursprung dieses Palastes von der zentralen Säule ausging. Deshalb lief er dorthin. Wie schon vorhin in der Vorhöhle wurde das Licht, das die Säule ausstrahlte, schwächer. Und jäh sah sich der Junge all den bemitleidenswerten Kreaturen gegenüber, die schon vor ihm den Ausgang aus dem Labyrinth gesucht hatten.

Die Säule glich in ihrem Durchmesser einem Wohnhaus für mehrere Familien. So benötigte Florian geraume Zeit, um sie zu umrunden. Und was er dabei zu sehen bekam, das ließ ihm schier die Augen aus dem Kopf treten.

Zum einen waren da Tiere, die in Florians Welt und wahrscheinlich auch in der Geisterwelt schon seit Urzeiten ausgestorben waren. Der Junge stand direkt vor einem Riesenhirsch mit einem Geweih, das sicherlich über drei Meter breit war. Ein paar Schritte weiter war ein furchterregender Höhlenbär just während des Kampfes mit einem wollhaarigen Nashorn zu Eis erstarrt. Ein Gürteltier mit einem keulenbesetzten Schwanz, der Ähnlichkeit mit Waffen aus der Ritterzeit besaß, war gute zwei Meter lang und fast so groß wie Florian. Und ein wütender Säbelzahntiger war anscheinend mitten im Sprung erfroren: Sein schreckliches Maul mit den zwanzig Zentimeter langen Hauern hatte er zu einem stummen Brüllen aufgerissen.

Keines dieser Tiere beeindruckte Florian jedoch

mehr als das Mammut. Wie ein Schlachtschiff, das von Eisschollen eingeschlossen wurde, hielt die Säule den zottigen vorzeitlichen Riesen gefangen. Die ehrfurchtgebietenden gebogenen Stoßzähne standen zum Teil aus der Eiswand heraus. Für einen kurzen Moment legte Florian seine Hand darauf, und ein beinahe feierliches Gefühl erfaßte ihn: Wer hatte schon die Gelegenheit, den Stoßzahn eines leibhaftigen Mammuts zu berühren, das nicht ausgestopft war, sondern sozusagen tiefgefroren und von der Kälte des Eises bestens konserviert?

Die Tiere vermittelten für Florian den Eindruck, nur gerade für einen Augenblick in ihrer Bewegung innegehalten zu haben. Es war, als hätte eine plötzliche Eiszeit sie alle mitten im Leben überrascht. Und als würde jeden Moment das Fauchen des Säbelzahntigers, das Knurren des Bären, das Trompeten des Mammuts ertönen.

In der Erwartung, noch auf weitere Tiere zu treffen, schritt Florian weiter, doch dann schrak er zurück.

Denn es waren die Handwerker aus der Schmiede, denen er sich mit einemmal gegenübersah: zehn, vielleicht fünfzehn Männer. Sie trugen noch die dunklen Schürzen, die sie für ihre Arbeit benötigten. Einer von ihnen hielt in der Rechten eine der Gußformen für die silbernen Kugeln. Er trug einen Schnäuzer mit nach unten gewachsenen Enden, der ihm das Aussehen eines traurigen Seehundes verlieh. Aufgrund der Beschreibung, die ihm Hongar während ihrer Ballonfahrt gegeben hatte, erkannte Florian, daß er niemand anderen als den Schmied vor sich hatte.

Dann waren dort die Weisen aus der Stadt des Lichts. Wie Florian wußte, waren sie Abgeordnete all der unterschiedlichen Rassen, die die Geisterwelt bevölkerten. Manche von ihnen waren Menschen. Andere wieder hatten mehr Ähnlichkeit mit Gestalten aus einem Gruselcomic. Ein Quasselwesen war dabei, bei dem es sich wohl um Quassels Cousine handelte, von der er manchmal gesprochen hatte. Gleich daneben kauerte ein Zwerg auf acht nackten Spinnenbeinen. Eine Frau mit der schuppigen Haut einer Echse stand neben einem elfenhaften Wesen mit zarten Flügeln. Und sie alle überragte ein Riese mit einem völlig behaarten Gesicht und nicht weniger als vier Ohren.

Florian hatte solche Wesen schon in der Stadt des Lichts gesehen. Ihr Anblick machte ihm aber wieder einmal klar, daß es zwischen den Gebieten der Geisterwelt, die er bereits kannte, noch eine Unzahl von Dörfern geben mußte, in denen diese Lebensformen zu Hause waren. Sie waren gegenüber den Menschen zwar in der Minderheit, doch sie lebten friedlich mit ihnen zusammen, besaßen die gleichen Rechte wie sie und auch eine Vertretung im Rat der Weisen.

Und dann verkrampfte sich Florians Herz, als wollte es aufhören zu schlagen.

Denn da war Quassel, sein Freund, dessen grüne Haut nun wie ausgeblichen wirkte.

Da war Harald: weiß wie Schnee.

Und da war …

»*Neiiiiin!*«

Florian brüllte auf, als er in Lisas tote Augen schaute, und der eisige Blick seiner Freundin raubte ihm alle Kraft. Ihr Gesicht, ihre Haut, ihre Lippen, ihr schönes blondes Haar: Alles war so leichenblaß, so ohne jedes Leben! So wie bei den anderen Eisstatuen auch, floß in Lisas Adern kein Tropfen Blut, ihre Lungen füllten sich nicht mit Atemluft, das Herz pochte nicht in ihrer Brust. Das Mädchen wirkte für Florian wie eine täuschend echte Puppe aus Glas, die ein Künstler in einem Schaufenster ausgestellt hatte.

Der Junge strauchelte. Er fiel auf die Knie, Tränen liefen ihm über die Wangen. In diesem Moment war

Florian bereit, sich selbst aufzugeben. Er hätte seine Seele vorbehaltlos dem Herrscher des Bösen verschrieben, wenn er dadurch Lisa und die anderen hätte retten können. Doch das Schicksal hielt noch einen weiteren Schrecken für ihn bereit. Nach einiger Zeit ließ ihn nämlich ein merkwürdiges Geräusch aufhorchen. Eine Art leises Röcheln war das, als ob ein kleines Kind im Schlaf Schwierigkeiten beim Atmen hätte.

Florian sah auf, da bemerkte er Hongar.

Der junge Hauptmann stand nur einen Meter neben Lisa.

Und er teilte das grausame Los der anderen.

Denn auch er war eben im Begriff, sich in eine Statue aus Eis zu verwandeln.

Die drei Spiegel

Mehr als die Hälfte von Hongars Körper war bereits ein Bestandteil der Säule geworden. Nur ein Arm, ein Bein, ein kleines Stück des Oberkörpers befanden sich noch außerhalb des Eises. Und der Kopf, den der junge Hauptmann so weit wie möglich zur Seite gelegt hatte. Doch auch auf den Lippen hatten sich schon weiße Flecken gebildet, die Wangen wirkten wie gräulichweißer Marmor, die Frostkristalle krochen über den Hals hinauf. Die Laute, die Florian gehört hatte, kamen aus Hongars Mund; verständliche Worte zu formen, dazu war der Unglückliche nicht mehr imstande. Aber seine flehenden Blicke sprachen Bände. Sie waren eine stumme Bitte, ein ungehörter Schrei, ihm doch um Gottes willen zu helfen.

Und die ganze Zeit über schien er von dem Eis in die Säule des Verderbens gezogen zu werden.

Ratlos und verzweifelt lief Florian vor seinem Freund auf und ab. Er hatte nicht die geringste Idee, wie er Hongar vor der Vereisung retten könnte. Er war völlig verunsichert, er wußte nicht ein und aus. Was sollte er nur tun? Wie sollte er nur gegen die Kraft der Säule ankämpfen?

Er stürzte zu Hongar, er umklammerte das, was

vom Körper des Gefährten noch nicht gänzlich erstarrt war.

Er strich ihm über die gefrorenen Wangen, er begann sie durchzukneten, um das Blut zum Zirkulieren zu bringen.

Er fuhr ihm durch die langen Haare, die einen Klang von sich gaben, als ob Eiszapfen gegeneinander schlugen.

Er rief Hongar zu: »Gib nicht auf! Du *darfst* nicht aufgeben!« Und wußte dennoch schon, während er dies tat, daß es keinen Zweck hatte.

Er legte seine Hände um Hongars Finger, um sie auf diese Weise zu wärmen. Doch noch während er die Finger rieb, spürte er, wie sie steif wurden. Und ein blitzartiger Ruck aus dem Eis entriß Florian die Hand des Freundes.

Der Junge taumelte zurück. Mit entsetzten Augen mußte er mit ansehen, wie Hongar mit einem letzten schaurigen Knirschen zur Gänze in den arktischen Kerker hineingezogen wurde: zuerst der Kopf, dann der restliche Teil des Körpers, und ganz zuletzt der zweite Arm. Dann schoben sich mehrere Eisplatten übereinander: Die gläserne Schicht, die Hongar von nun an gefangenhalten würde, hatte sich unbarmherzig um ihn geschlossen.

Und aus dem großen, starken, mutigen Soldaten, der schon so manches Mal sein Leben für Florian riskiert hatte, war eine weitere der leblosen Statuen geworden.

Florian stand einfach so da. Er konnte den Blick nicht von Hongar wenden. Und auch nicht von Lisa gleich neben dem Freund. Er weinte still vor sich hin. Er wußte keinen Ausweg mehr, und im Grunde genommen dachte er in diesem Moment darüber auch gar nicht nach, denn sein Hirn war gelähmt vom Schmerz um seine Kameraden.

Da ertönte plötzlich eine Stimme.

Eine eiskalte Stimme.

Eine klirrende Stimme.

Eine steinharte, eine total unmenschliche Stimme.

Sie schien geradewegs aus den gleißenden Wänden dieses Palastes zu kommen, der in Wahrheit doch nichts anderes war als ein unterirdisches Verlies. Sie umwehte Florian wie ein polarer Frosthauch und riß ihn augenblicklich aus seiner Trauer.

Nun? Die Stimme bohrte sich mit einem beinahe schadenfrohen Unterton in Florians Kopf. *Bist jetzt* du *an der Reihe? Möchtest du auch den Ausgang aus dem Labyrinth suchen?*

Florian wunderte sich nicht einmal, daß hier zu ihm gesprochen wurde, ohne daß er jemanden sehen konnte. Er hob den Kopf, und in seinem Blick lag ein geradezu trotziger Ausdruck.

»Genau das werd' ich tun!« rief er. »Und ich werd's schaffen!«

Die Antwort war ein gruseliges Gelächter, dessen Echo sich fortpflanzte und immer wieder von den kahlen Wänden der Höhle zurückgeworfen wurde. Unter normalen Umständen hätte sich Florian von einem solch gehässigen Lachen in Angst und Schrecken versetzen lassen. Aber irgendwie hatte er aufgehört, sich zu fürchten. Was hatte er denn noch groß zu verlieren? Seine Freunde waren tiefgefroren, und wie Nursia und Nerus vorhergesagt hatten, war er ganz auf sich allein gestellt.

Alles, was er tun konnte, war, sein Bestes zu geben. Und genau das hatte er jetzt vor!

Anscheinend hatte auch die geheimnisvolle Stimme eingesehen, daß es Florian ernst meinte. Sie brüllte nämlich los: *Nun gut! Dann sei dein Schicksal besiegelt!*

Und dann entstand unvermittelt und mit bedrohlichem Krachen ein tiefer Spalt in der Säule: Wie eine schwere Wunde klaffte er im Eis. Drei mannshohe Platten schoben sich hervor: eine zu Florians linker Hand, eine zu seiner rechten und eine genau dazwischen. Gleichzeitig wurde der Junge von einer unsichtbaren Kraft gepackt. Sie ähnelte jener, die vorhin die Barriere vor dem Tunneleingang gebildet hatte. Und sie drängte ihn in Richtung der Eisplatten. Erst als er direkt davor stand, ließ die Kraft wieder von ihm ab.

Da erkannte Florian, daß es drei Spiegel waren, die da so unversehens aufgetaucht waren.

Er wußte zu diesem Zeitpunkt zwar noch nicht, was es mit diesen Spiegeln auf sich hatte.

Und auch nicht, von welcher Art die Aufgabe war, die er bewältigen mußte. Obwohl er sich natürlich gewiß war, daß es kein Honiglecken sein würde.

Trotzdem faßte er sich schließlich ein Herz. »Wo ... wo ist denn jetzt der Ausgang?« fragte er.

Geradewegs vor dir, Junge! donnerte die Stimme wie eine Lawine, die talwärts rast und dabei alles unter sich begräbt. *Einer der drei Spiegel ist der Ausgang! Sieh hinein! Dann triff deine Entscheidung! Und dann erst tritt ein! Hast du klug gewählt, bist du frei, und deine Freunde sind es auch! Aber sei gewarnt: Du hast nur einen, nur einen einzigen Versuch!*

Eigentlich war die Frage unnötig, denn Florian kannte die Antwort bereits im voraus. Doch er stellte sie trotzdem: »Und ... wenn ich mir einen falschen Spiegel aussuche?«

Wieder dieses horrorfilmmäßige Lachen: Die grausame Stimme schien Gefallen an der Situation zu haben, sie schien sie auszukosten.

Entscheidest du dich für einen falschen Spiegel, höhnte sie, *wirst du das Schicksal deiner Freunde teilen! Dann wirst du am eigenen Leib erfahren, was es bedeutet, im Ewigen Eis festzusitzen!*

Die andere Seite

Abgesehen davon, daß sie aus geschliffenen Eisplatten anstatt aus Glas bestanden, hatten die drei Spiegel noch etwas Absonderliches an sich. Im ersten Moment wußte Florian nicht, was es war; er hatte nur so ein unbestimmtes Gefühl, das ihm sagte, daß mit den Spiegeln etwas nicht in Ordnung war.

Dann aber begriff er es schlagartig: Obwohl die beiden äußeren Spiegel dem mittleren leicht zugeneigt waren, konnte sich der Junge nicht gleichzeitig in allen dreien sehen. Nur wenn er sich frontal vor eine der schimmernden Flächen stellte, erschien darin sein Bild. Die zwei anderen Spiegel blieben leer: als wäre Florian ein Vampir, eines jener Gruselwesen, die ja angeblich kein Spiegelbild besaßen.

Und besonders ungewöhnlich, ja erschreckend war, daß Florian in jedem der Spiegel anders aussah.

Sein erstes Bild war ganz normal. Florian blickte in den Spiegel in der Mitte und sah sich so, wie er es nach all den Gefahren dieses Abenteuers erwartet hatte. Ein dünner Junge in Jeans, Stiefeln und einer Jacke mit Pelzkragen war das, ein Junge, dessen Haut mit den paar Sommersprossen auf der Nase im Licht der Eishöhle ungesund blaß wirkte. Von Florians Mittelscheitel war nicht viel zu merken, denn seine hellbraunen Haare waren schweißverklebt. Aus seinen gehetzten, rotgeränderten Augen sprach nackte Angst.

Ja, sagte sich Florian, das bin ich. Im Moment fühlte er sich nicht wohl in seiner Haut. Kirab hatte ihn in die Enge getrieben und vor eine schwerwiegende Entscheidung gestellt. Aber unter all der Anspannung waren Florians Züge sanft. Und aus seinen Augen sprachen die Zuneigung und die Liebe für all jene Menschen, denen er sich nahe fühlte.

Fast mußte Florian grinsen. Was hab' ich denn geglaubt, was ich sehen werde? fragte er sich. Ein Ungeheuer? Ein Monster? So ein Unsinn! Das hätt' ich ja ...

Er hatte den Gedanken noch nicht zu Ende gebracht, da schreckte er mit einem spitzen Schrei zurück. Das Monster, über das er gerade nachgegrübelt hatte, stand nämlich direkt vor ihm!

Florian hatte sich dem linken Spiegel zugewandt, und mit einemmal war auch darin ein Bild aufgetaucht. Aber was für eines!

Die Person im Spiegel war kaum mehr als Florian erkennbar. Es war eine schreckliche Veränderung mit dem Jungen vor sich gegangen. Florian hatte sich in ... eine Art Teufel verwandelt!

Florians Haar loderte wie Feuer, und zwei kleine gebogene Hörner standen daraus hervor. Sein Gesicht war in die Länge gezogen, die Haut war faltig und vernarbt. Seine lange Zunge hechelte. Aus seinem Mund mit dem furchterregenden Raubtiergebiß kamen unmenschliche Laute.

Sein Körper war fester, muskulöser geworden: Die Brust war breit, und auf den Handrücken war dem Jungen ein dichter Pelz gewachsen. Statt der Finger hatte Florian nun häßliche Klauen, statt der Fingernägel scharfe Krallen.

Irgendwie sah Florian wie ein Junge aus, der sich im Fasching nicht sicher gewesen war, ob er sich als Teufel oder als Orang-Utan verkleiden sollte.

Und trotzdem war das alles nicht so arg. Denn das ärgste waren die Augen.

Sie waren schmal und irgendwie auseinandergerückt. So lagen sie wie bei einem Tier unter den Schläfen. Und die Borsten, die darüber wucherten, warfen Schatten auf sie.

Und aus diesen Schatten glühte unverhohlener Haß, sprühte Bösartigkeit.

Die Augen, die Florian aus dem Spiegel entgegenstarrten, hatten nichts Menschliches an sich. Es waren die Augen einer mörderischen Kreatur, einer wilden Bestie. Als Florians Hände nach oben fuhren, sah dies im Spiegel aus, als wollte er sich mit den Krallen selbst die gräßliche Visage zerkratzen.

Aber der Junge konnte keine Narben, konnte keine zusammengewachsenen Brauen, konnte keine Raubtierzähne ertasten. Voller Erleichterung stellte er fest, daß er sich nicht wirklich, daß sich nur sein Spiegelbild verändert hatte. Rasch drehte er sich wieder zum mittleren Spiegel. Und tatsächlich: Jetzt war auch sein Bild wieder ganz normal, jetzt war alles wieder beim alten!

Mit rasendem Herzen blickte Florian nun in den dritten Spiegel zu seiner Rechten. Gott sei Dank! durchfuhr es den Jungen: Da bin ich auch in Ordnung!

Aber Florian hatte nur auf den ersten Blick recht.

Es war schon so: Hier hatte er den erschöpften, aber doch eindeutig friedfertigen Florian aus dem mittleren Spiegel vor sich. Beim genaueren Hinsehen entdeckte der Junge jedoch Einzelheiten an seinem Bild, die ihm zuvor verborgen geblieben waren.

War er nicht leicht in die Knie gegangen? Stand er

nicht sprungbereit da, um sich notfalls auf einen plötzlich auftauchenden Gegner zu stürzen?

Hatte er die Finger nicht so sehr verkrampft, daß die Knöchel weiß hervortraten?

War da nicht ein verkniffener Zug um seinen Mund?

Drückte Florians Blick nicht tatsächlich Ärger und Wut auf Kirab und seine monströsen Gehilfen aus, die schließlich und endlich dafür verantwortlich waren, daß seine Freunde zu Eisblöcken erstarrt waren?

Es war so wie damals auf den Klippen über dem Quasseldorf. Florian hatte mit den mechanischen Kindern gekämpft, und dabei hätte er um ein Haar einen der roboterhaften Jungen erwürgt. Als der Rausch des Kampfes von ihm abgefallen war, war Florian furchtbar über sich selbst erschrocken gewesen: Daß er zu solcher Gewalt überhaupt fähig war!*

Und immer wieder hatte Florian im Laufe seiner gefährlichen Abenteuer vor einer ähnlichen Situation gestanden: So wie seine Freunde war auch er angegriffen worden und hatte sich wehren müssen.

Er hatte mit einer Keule auf die Geisterreiter losgeschlagen und die Surf-Vampire ins Licht der Sonne gelockt, das sich für sie als tödlich erwies.

Er hatte aufgeatmet, als der schreckliche Panthergott die Schlucht hinuntergestürzt war, und als ein Strudel die Schwarze Göttin in den Morast hinabgezogen hatte, war ihm ein Stein vom Herzen gefallen.

Er hatte über den Tod des dunklen Abtes nicht geweint, und er hatte die Steinkrake nicht betrauert, als sie durch die Kraft unzähliger gläserner Steine im Körper explodiert war.

Florian hatte nie eine Auseinandersetzung und

* vgl. Band 76 101: ›Das Geheimnis der mechanischen Kinder‹

schon gar keinen Kampf gegen eine der Alptraumkreaturen der Geisterwelt von sich aus begonnen, aber er hatte gelernt, sich zur Wehr zu setzen. Er hatte gelernt, daß er nicht einfach aufgeben durfte, solange sich ihm auch nur die geringste Chance bot, das Abenteuer mit heiler Haut zu überstehen.

Das ist doch verständlich, dachte Florian, das ist doch logisch! Ich hab' mich doch verteidigen müssen! Wenn ich das nicht getan hätte, dann wär' ich doch jetzt gar nicht mehr am Leben!

Und war es nicht auch dieser starke Überlebenstrieb, der ihn durch die Auseinandersetzung mit den Kartoffelmonstern geleitet und durch die Sturmböen des Blizzards geführt hatte? Sonst wär' ich gar nicht hier, dachte Florian. Sonst könnt' ich nicht vielleicht Lisa und Hongar und den anderen doch noch helfen!

Wenn er ... ja, wenn er nur den richtigen der drei Spiegel auswählte. Aber zum Kuckuck: Welcher war denn das?

Jener, der den Jungen zeigte, als den sich Florian kannte?

Jener, der eine Art Ungeheuer widerspiegelte?

Oder jener, der beide Seiten vereinte?

Für welchen der drei Spiegel sollte sich Florian entscheiden?

Welcher war der einzige Ausgang aus dem Labyrinth?

Im Spiegel

Florians Gedanken überschlugen sich. Dem Jungen lief die Zeit zwischen den Fingern davon, er mußte sich jetzt entscheiden. Die Stimme aus dem Eis hatte ihm zwar kein zeitliches Limit gesetzt, in dem er das Rätsel der drei Spiegel lösen mußte; daß er aber auch nicht ewig warten konnte, war ihm trotzdem klar.

So brachte er seine kleinen grauen Zellen in Gang. Er dachte: Ich hab' mich geirrt. Dieser total verängstigte Florian, der bin *nicht* ich!

Zwar stand für Florian außer Frage, daß er tatsächlich einmal so gewesen war: nach dem Tod seines Vaters und vor seiner ersten Reise in die Geisterwelt. Aber diesen Florian, der aussah, als wollte er sich im nächstbesten Erdloch verkriechen, gab es nicht mehr! Denn mittlerweile hatte er echte Freunde gewonnen: Harald, Lisa, Quassel und Hongar hatten ihm das Gefühl gegeben, ein wertvoller Mensch zu sein. Sie hatten ihm Selbstvertrauen gegeben und ihm gezeigt, daß er selbst mutig sein konnte.

Genau dieses Selbstvertrauen hatte auch dazu geführt, daß Florian in der letzten Zeit öfter mit seiner Mutter gesprochen hatte. Er hatte sich getraut und Vaters Unfall und das Leben, das sie beide nun ohne ihn führen mußten, zur Sprache gebracht. Sie hatten sogar über Männer wie den Schinder-Hannes geredet, Florians Mathelehrer, der sich ganz offensichtlich für Mutter interessierte, der ihr Blumen schenkte und sie ausführen wollte.

Vaters Tod hatte nicht länger wie eine Mauer zwischen ihnen gestanden. Dadurch, daß sie nun beide offen miteinander über dieses tragische Ereignis reden konnte, hatten Mutter und Sohn wieder zueinandergefunden. Das Vertrauen und die Liebe, die sie füreinander empfanden, waren an der Zeit der Traurigkeit, die sie nach dem Unfall durchmachen mußten, gereift. Ihre Beziehung war dadurch stärker und tiefer geworden.

Und was hatte all dies mit den drei Spiegeln zu tun?

Nun, es zeigte Florian, daß das mittlere Spiegelbild nicht mit ihm selbst übereinstimmte. Denn sein neugewonnenes Selbstbewußtsein es war darin nicht auszumachen.

Genauso wie das linke nicht Florians wahres Ich zeigte: Denn nur aus teuflischen Charakterzügen, nur aus Wut und Haß bestand Florian ganz sicher nicht! Trotz all der Auseinandersetzungen in der Geisterwelt hatte er die sanften, die zärtlichen Seiten seines Wesens nicht einfach vergessen.

Also das Bild im rechten Spiegel?

Florian versuchte, sich selbst darüber klarzuwerden. Gewalt ist ein Teil jedes Menschen, sagte er sich. Auch von mir.

Er erinnerte sich an seine Kindergartenzeit. Damals hatte er sich aus Lego Pistolen und Gewehre gebaut, und jeder noch so unscheinbare Ast im Garten seiner Großeltern hatte für einen Revolver herhalten müssen. Seine Mutter war darüber entsetzt gewesen. »Ich hab' den Buben doch nicht so erzogen!« hatte sie immer wieder verwundert gesagt.

Das Herumschießen damals war nur Spiel gewesen. Doch jetzt war sich Florian gewiß, daß jeder Mensch zu Gewalt fähig war. Auch ich! dachte er. Aber das ist natürlich, das ist doch nicht schlimm! Schlimm wäre es, wenn ich die Gewalt nicht beherrschen könnte! Wenn *ich* von der Gewalt beherrscht würde!

Und so stimmte wohl die rechte Spiegelung mit ihm selbst am ehesten überein. Sie zeigte einen Florian, der nicht mehr der zögerliche und furchtsame Junge von früher war. Sie offenbarte, daß Florian dazugelernt hatte. Daß er dazu entschlossen war, sich nicht so leicht unterkriegen zu lassen.

Natürlich bedeutete dies nicht, daß sich Florian zu einem Schulhof-Rowdy nach dem Vorbild von Bobby the Robby entwickelt hatte. Aber er hatte seine dunkle, seine gewalttätige Seite kennengelernt. Und trotz alledem war er ein recht normaler Junge geblieben, dem die Freundschaft zu anderen Menschen das wichtigste war.

Florian trat schon einen Schritt vor auf den Spiegel zu, da hielt er erneut inne. Über sein Spiegelbild gab es für ihn keine Zweifel mehr.

Was aber, wenn Kirab in all seiner Hinterlist gar nicht wollte, daß Florian den richtigen Spiegel wählte?

Was, wenn er den Ausgang ganz bewußt hinter der Eisplatte angesiedelt hatte, die bloß Florians friedfertige Wesenszüge zeigte?

Oder hinter der Fratze im linken Spiegel?

Die Ungewißheit machte Florian immer verzweifelter. Er stieg einen Schritt vor und gleich wieder zwei zurück. Er besah sich nochmals nacheinander alle drei Bilder. Dabei wand er sich innerlich, und fast glich er in diesem Augenblick wieder dem verschreckten Jungen im mittleren Spiegel.

Als er dies erkannte, sprang Florian zurück. Nun war sein Bild aus allen drei Spiegeln verschwunden.

Da überkam den Jungen mit einemmal eine große Gewißheit.

»Ich durchschaue dich, Kirab!« zischte er. Seine Stimme wurde kräftiger, als er weitersprach. »Zuerst zeigst du mir, wie ich wirklich bin, und im nächsten Moment versuchst du, mich zu verwirren! Echt schräg von dir! Aber ich fall' nicht mehr auf dich herein! Ich steh' zu dem, wie ich bin! Ich entscheide mich für keinen anderen Spiegel, nur weil du dir das vielleicht so ausgedacht hast!«

Den letzten Satz schrie Florian: »Ich bin ich, und drum …«

Florian wandte sich abrupt der rechten Eisplatte zu. Für einen Moment sah er darin das Spiegelbild jenes Jungen aufblitzen, in dem sich Friedfertigkeit und Gewalt vermischten.

Dann aber war er schon zu nahe, um noch etwas erkennen zu können.

Er spürte den beißendkalten Widerstand der Platte.

Der ihn durchströmte, der sich durch seinen ganzen Körper zog.

Und schon einen Sekundenbruchteil darauf in sich zusammenfiel.

Denn Florian hatte den Spiegel bereits betreten.

Heißer Regen

Der Raum in dem Spiegel, in den Florian getreten war, war ein langer enger Tunnel voll heißem Regen. Dieser Regen wusch dem Jungen die Kälte vom Gesicht und den Kleidern. Er legte sich über ihn wie nebeliger Dampf, er wärmte ihn auf wie eine angenehme Dusche. Das Ungewöhnliche daran war nur, daß Florian dadurch nicht naß wurde. Florian sah die Regentropfen überall um sich herum, und als er die Hand ausstreckte, merkte er, wie sie auf seine Haut auftrafen. Aber sie prallten davon nicht ab, sie durchdrangen die Hand, ohne ihm dabei Schmerzen zuzufügen. Ganz im Gegenteil: Die Wärme breitete sich dadurch in jedem Winkel seines Körpers aus, und er hätte dieses Gefühl gern noch länger genossen.

Aber das war nicht möglich. Der Tunnel war nur ein Durchgang, und Florian mußte weiter. Für einen Moment blieb er jedoch stehen und wandte sich um. Er befand sich jetzt auf der anderen Seite des Spiegels; so konnte er sehen, welche Auswirkungen seine Entscheidung hatte.

Und die Auswirkungen in der großen Eishöhle waren in der Tat dramatisch.

Der Boden, die Wände, die Decke bebten: Die

gesamte Eishöhle wurde in ihren Grundfesten erschüttert. Der heiße Regen fiel auch dort, und seine Wärme hatte das Eis bereits zum Schmelzen gebracht. Wahre Sturzbäche ergossen sich von den Wänden, Eiszapfen klirrten zu Boden, und riesige Eisplatten stürzten von der Decke und zerbrachen mit gewaltigem Krachen.

Die Säule, in der die unglücklichen Handwerker und Florians Freunde eingeschlossen waren, glühte rot, als fegte ein Feuersturm durch ihre Mitte. Eine Art Pulsieren ging von ihr aus, das Florian an einen Film erinnerte, den er einmal gesehen hatte. Darin war der Kern eines Atomreaktors in die Luft geflogen.

Daß mit der Säule gleich etwas Ähnliches passieren würde, war angesichts des Chaos in der Höhle anzunehmen. Die Stimme aus dem Eis hatte davon gesprochen, daß auch seine Freunde frei sein würden, sobald er den richtigen Ausgang gewählt hatte. Florian schickte ein Stoßgebet zum Himmel, daß sie nicht gelogen hatte.

Dann warf er einen letzten Blick durch den Spiegel.

Drehte sich um.

Und rannte den Tunnel hinunter.

Wenige Augenblicke später tat sich vor ihm eine Spalte auf. Da es im Tunnel so hell war wie überall sonst im Labyrinth, erschien der Ausgang als finsterer Fleck. Florian lief darauf zu, und dann stand er auch schon im Freien.

In der schneebedeckten Ebene vor ihm herrschte das Zwielicht des vollen Geistermondes. Florian blieb noch nicht stehen, und ein paar Minuten später hatte er sich ein beträchtliches Stück von Kirabs Irrgarten entfernt. Jetzt erst wandte er sich um und sah das Labyrinth in seiner gesamten ungeheuren Ausdehnung. Bis zum Himmel ragten die Mauern auf, die hier an der Außenseite nicht weiß leuchteten, sondern von einem schmutzigen Grau waren.

Sollte ich's tatsächlich geschafft haben? durchfuhr es Florian. Bin ich draußen? Er konnte es noch gar nicht so recht glauben: Hab' ich wirklich den richtigen Spiegel gewählt?

Oder war das alles nur ein weiterer von Kirabs schmutzigen Tricks?

Das war es nicht, aber das konnte Florian zu diesem Zeitpunkt natürlich nicht wissen. Und doch hielt das Schicksal für den Jungen noch eine Prüfung bereit.

Florian überlegte gerade, wie er feststellen könnte, ob auch seine Freunde den Weg aus dem Tumult im Höhlenpalast gefunden hatten. Da ließ ihn ein Donnern wie von tausend Büffelhufen aufschrecken.

Und mit den Büffeln lag er gar nicht so weit daneben. Denn der heiße Regen hatte anscheinend auch die urzeitlichen Tiere, die Florian kurz zuvor in der Höhle bestaunt hatte, in Freiheit gesetzt. Und jetzt, da sich keine Wand aus Eis zwischen ihnen und ihm befand, war Florian gar nicht mehr so sehr von ihnen begeistert.

Denn sie bewegten sich. Das Mammut – es erzeugte durch jeden seiner gewaltigen Schritte ein wahres Erdbeben.

Der Riesenhirsch – er hatte den Kopf gesenkt und drohte auf diese Weise, jeden Angreifer mit dem Geweih hochzuwerfen.

Das Wollhaarnashorn – es stieß die spitzen Hörner in die Luft, als würde es damit unsichtbare Feinde aufspießen.

Der Höhlenbär – er hatte sich auf die Hintertatzen aufgerichtet und gab ein Brüllen von sich, das in den Bergen ganze Lawinen niedergehen ließ.

Das Gürteltier – es hieb mit seinem keulenbesetzten Schwanz, daß wahre Fontänen aus Schnee vom Boden hochspritzten und tiefe Löcher darin entstanden.

Und der Säbelzahntiger – er preschte vorwärts und

fing jeden Sprung elegant mit den Vorderbeinen ab. Er bleckte die langen, gebogenen Hauer, er knurrte und fauchte, daß Florian angst und bange wurde.

Denn die Urwelttiere kamen mit unglaublicher Geschwindigkeit heran. Selbst das Gürteltier, von dem sich Florian vorstellen konnte, daß es üblicherweise recht gemächlich unterwegs war, hielt mit ihnen mit. Und sie hatten es auf niemanden anderen als ihn abgesehen.

Vielleicht war *das* Kirabs Trick, sein letzter Versuch, Florian doch noch Schaden zuzufügen, da dieser den Ausgang aus dem Labyrinth gefunden hatte. Der heiße Regen, der den Irrgarten zerstörte, hatte auch die vorzeitlichen Tiere aus ihrem frostigen Schlaf geweckt. Sie waren drauf und dran, mit Florian endgültig kurzen Prozeß zu machen.

Und genau danach sah es jetzt aus.

Mit Gebrüll und Getöse hielten sie auf ihn zu. Florian seinerseits hatte das Gefühl, als würde er sich überhaupt nicht vom Fleck bewegen. Die Schmiede am entgegengesetzten Ende des Tals, auf die er zulief, schien überhaupt nicht näher zu kommen. Florian hatte zuweilen sogar den Eindruck, als würde das Gebäude vor ihm zurückweichen, als würde die Entfernung immer größer.

Die Tiere jedoch rasten heran, jagten ihre Beute. Nun gut, ein Säbelzahntiger war ein Raubtier, da konnte man nichts anderes erwarten. Aber es war wohl Kirabs böser Zauber, der auch die friedlichsten Pflanzenfresser zu Fleischfressern gemacht hatte. Wer weiß, dachte Florian, wie lange die schon eingefroren waren? Und wie lange sie deshalb schon nichts mehr zu beißen hatten?

Da war er natürlich ein gefundenes Fressen für die Biester. Ein Fressen, das sie in ein paar Augenblicken eingeholt haben würden.

Florian stolperte vorwärts. Er trieb sich an, obwohl

das Stechen in seiner Lunge beinahe unerträglich war. Aber ihm war klar, daß ihm seine momentane Lage geradezu paradiesisch vorkommen würde, wenn die Urzeitmonster erst einmal über ihm waren. Da rutschte Florian aus. Er schlitterte ein Stück weiter, dann kam er auf dem Hintern zu sitzen. Er bemerkte, daß er auf einen zugefrorenen Flußlauf geraten war.

Vorsichtig stand er auf. Die Tiere hatten das Ufer erreicht, aber dort hatten sie angehalten. Sie standen da, sie belauerten Florian, doch sie kamen dem Jungen nicht nach. Vielleicht fühlten sie instinktiv, daß das Eis auf dem Fluß ihr immenses Körpergewicht nicht tragen würde.

Unter Umständen hatte Florian doch noch eine Chance, den Bestien zu entkommen. Sein Blick hetzte von einem der Urweltmonster zum anderen. Ganz langsam, Schritt für Schritt, wich er vor ihnen zurück. Er wollte die Tiere nicht durch eine unbedachte Bewegung reizen und dennoch eine so große Distanz wie möglich zwischen sich und sie bringen.

Aus den Augenwinkeln nahm er dabei wahr, daß in der Zwischenzeit das ganze Labyrinth in sich zusammenbrach. Die einst so hohen Mauern schmolzen dahin wie ein Berg Eiscreme im Hochsommer. Die Eismassen krachten auseinander, als ob eine gewaltige Gletscherzunge in einen Gebirgssee kalbte.* Und der Junge bildete sich ein, inmitten dieses wahnwitzigen Durcheinanders menschenartige Schatten auszumachen.

Doch genauere Gedanken darüber konnte er sich nicht mehr machen.

Denn Florian hatte sich allzusehr ablenken lassen, er war leichtsinnig geworden. Er hatte sich nicht mehr

* Anm. des Autors: Wenn Gletscher ›kalben‹, brechen Teile davon los und stürzen z. B. in einen See oder ins Meer.

von der Tragfähigkeit des Eises überzeugt. Und so gab der Boden unter seinen Füßen jählings nach.

Florian quiekte auf wie ein Robbenbaby angesichts grausamer Pelztierjäger.

Er warf die Arme in die Luft, er schaffte es gerade noch, ein Knie hochzuziehen.

Und dann war er bereits durch die dünne Eisdecke gebrochen.

Die Wolke und das Tor

Um Florian herum war nichts als dumpfes Rauschen, war nichts als das bedrohliche Gurgeln des eisigen Strudels. Gerade noch hatte der heiße, aber trockene Regen Florian aufgewärmt, da befand er sich schon wieder in eisigem Wasser. Das Wasser war so kalt, daß der Junge augenblicklich einen Schock erlitt, der seine sämtlichen Sinne betäubte. Aber nur für einen Moment. Denn gleich darauf kam es ihm vor, als wäre er auf das Nagelbrett eines indischen Fakirs gefallen. Als würde sein Fleisch von Spitzen durchbohrt, für die nicht einmal die dicke Jacke und die Lederstiefel ein Hindernis darstellten. Wie mit tausend Zähnen nagte die Kälte an seiner Haut.

All dies dauerte jedoch nur wenige Sekunden. Florian plumpste in den Fluß, und seine schwere Winterkleidung zog ihn sofort in die Tiefe. Er versuchte einige Tempi, konnte seine Arme aber nur mit größter Anstrengung bewegen. Er ruderte wie durch eine bläuliche, dickflüssige Masse. Von unten sah er die Eisdecke über dem Wasser und die Stelle, an der er eingebrochen war. Er sah Luftblasen, die nur von ihm stammen konnten und nach oben stiegen.

Er selbst aber sank immer tiefer. Ihm schwirrte der

Kopf bei dem Gedanken, daß dieses Abenteuer damit seinen Anfang genommen hatte, daß er gemeinsam mit den Delphinen in den warmen Fluten des Geistermeeres geschwommen war. Sollte es nun damit enden, daß er in den eiskalten Fluten eines Bergflusses ertrank?

Er hatte den Mund noch vom Schreien geöffnet und konnte ihn gar nicht so schnell schließen, wie er schon einen Schwall Eiswasser schluckte. Sprite mit Eiswürfeln schmeckt besser, war einer der Gedanken, die ihm durchs Hirn jagten. Und der zweite: Meine Haare schauen jetzt sicherlich aus wie schleimige Wasserpflanzen.

Später würde sich Florian darüber wundern, welch absurde Ideen er doch in einer solch lebensgefährlichen Situation gehabt hatte. Doch inmitten des reißenden Soges kamen ihm seine Vorstellungen gar nicht so absonderlich vor.

Und dann war's auch schon vorbei. Florian spürte, wie ihn etwas am Kragen packte. Er schrie wieder auf und nahm abermals einen unfreiwilligen Schluck. Aber da wurde er schon nach oben gerissen. Sein Kopf durchbrach die Wasseroberfläche, und Florian japste keuchend nach Luft.

»Das ist ja gerade noch mal gutgegangen!« meinte Hongar und zog ihn mit festem Griff an Land.

»Du!«

»Jaja ...« Hongar grinste breit. »Ich bin aufgetaut, und dafür hast du gesorgt. Und jetzt hab' ich *dich* gerettet. Ist doch nur recht und billig, oder?«

Florian war total blau gefroren. An Zähneklappern war er bei diesem Abenteuer ja schon gewöhnt. Nun aber bibberte er vor Kälte, und er kam sich vor wie in einem Anzug aus Eis: als wäre nun *er* zu einer frostigen Statue erstarrt.

»Und ... die ...« Der Rest des Satzes ging in einem neuerlichen Hustenanfall unter. Aber wäre Florian

DANIEL
TORRES

nicht so fix und fertig gewesen, hätte er die Antwort ohnehin im Strahlen von Hongars Augen ablesen können.

»Die anderen? Ich glaub', ihnen geht's auch gut«, sagte der junge Hauptmann. »Schau nur! Da kommen sie!«

Florian drehte den Kopf in die Richtung, in die Hongar zeigte. Und tatsächlich: Er hatte sich nicht getäuscht, als er in den Trümmern des zusammenbrechenden Labyrinths vorhin menschenartige Schatten gesehen hatte. Da waren sie! Eskimoeltern schlossen ihre Kinder in die Arme, und es wurden viele Tränen des Glücks vergossen. Quassel und seine Cousine kullerten als grünes Knäuel ausgelassen durch den Schnee. Und die Handwerker aus der Schmiede schüttelten einander begeistert die Hände.

Und dann lösten sich drei Gestalten aus dieser Gruppe und kamen auf Florian und Hongar zu.

Mit einemmal waren die Erschöpfung und die Kälte für Florian vergessen. So lang hatte er seine Freunde vermißt, so sehr hatte er um ihr Leben fürchten müssen! Aber diese allzu lange Zeit war nun vorüber, nun waren sie alle wieder beisammen!

»Lisa!«

Florian stand in null Komma nichts neben Hongar.

»Harald!«

Er sprintete auf die Freunde zu.

»Quassel!«

Er sah, daß auch Lisa begonnen hatte, auf ihn zuzulaufen. Florians freudiger Jubel erfüllte die glasklare Luft. Sein Herz klopfte, als wollte es zerspringen. Aber diesmal nicht aus Angst, nicht aus Furcht. Diesmal war der Grund die Erleichterung über die Rettung seiner Kameraden.

Er streckte die Arme nach dem Mädchen aus, und Lisa tat es ihm gleich.

Fast berührten sich schon ihre Fingerspitzen.

Da geschah die Katastrophe.

Eine schwarze Wolke schoß aus dem Boden. Vorhin noch hatte dort Kirabs Labyrinth gestanden; nun war da nichts als ein gräulicher Morast aus geschmolzenem Schnee und aufgetauter Erde. Und eben diese Wolke.

Sie zischte in den Himmel hinauf. Sie ballte sich dort zusammen, sie schien sich dort zu sammeln.

Und sie wurde größer. Sie wuchs. Sie wurde *riesig*!

Dann stieß sie raubvogelgleich auf Lisa und Harald herab.

Im Bruchteil einer Sekunde hatte sie die beiden erfaßt. Der Wirt und seine Tochter drehten sich wie wildgewordene Spiralen, sie kreisten um ihre eigene Achse. Und im nächsten Moment hatte die Wolke sie bereits völlig eingehüllt. Florian sah noch, wie sich ungläubiger Schrecken auf Lisas Gesicht breitmachte, dann waren das Mädchen und sein Vater auch schon verschwunden.

Mit einem gewaltigen Donner erbebte die Wolke. Grelle Blitze zuckten aus ihrem Inneren und fuhren direkt vor Florians und Hongars Füßen in den Boden. Die beiden schrien auf, sprangen zurück.

Als sie einen Moment darauf ihre Blicke wieder hoben, hing die Wolke bereits wieder hoch über ihren Köpfen. Und dort, wo Harald und Lisa eben noch gestanden waren, war … nichts als matschiger Schnee.

Die Wolke war wirklich ungeheuerlich. Sie schob sich vor den Mond, sie verdunkelte den gesamten Himmel. Und der Schnee, der die Ebene bedeckte, war nun nicht mehr weiß, sondern schwarz wie eine Landschaft der Hölle.

Bildete sich Florian das nur ein, oder waren da tatsächlich die Züge eines Gesichts in der Wolke auszumachen? Eines klobigen, bösartigen Riesenwesens?

Eines Wesens, das zusammengesetzt schien aus all den Tieren, die Florian verfolgt hatten.

Denn es war von der Statur eines Höhlenbären und besaß das zottige Fell eines Mammuts. Es hatte Hauer im Maul wie ein Säbelzahntiger. Und Hörner auf der Stirn und dem Schädel wie gleich von mehreren Wollnashörnern.

Und klang der Donner nicht wie das Lachen eines gehässigen Monsters aus den Urzeiten der Menschheit?

Aber noch bevor sich Florian darüber klarwerden konnte, verwandelte sich die Wolke in eine Art rußnebeligen Finger.

In einen Finger, der sich krümmte, um all seine Kraft zu sammeln.

Der sich dann plötzlich ausstreckte.

Und in den Fels eines der Berge bohrte.

Was folgte, war ein rotes Glühen im Stein.

Dann ein ohrenbetäubendes Kreischen.

Und danach: nichts mehr. Der unheimliche Spuk hatte ein Ende gefunden.

Alles, was von der Wolke blieb, war ein schwefelgelbes Muster im schwarzen Fels des Berges. Wie das schwere Tor einer mittelalterlichen Festung erschien Florian dieses Muster. Und für seine Freunde und ihn würde es immer verschlossen sein.

Von Lisa und Harald jedoch blieb nicht einmal der kleinste Hinweis, nicht die leiseste Spur.

Der Berg hatte die beiden in seine innersten Tiefen gesaugt, er hatte sie mit Haut und Haar verschluckt.

Sie waren und blieben verschwunden.

Aufbruch zu neuen Abenteuern

Eine knappe Woche später war im Tal zwischen den Bergen des Ewigen Eises der Frühling eingekehrt. Der Boden war aufgetaut, und die gesamte Ebene war von einem Teppich aus frischem, grünem Gras überzogen. Niedrigwüchsige Gebirgspflanzen breiteten sich darauf aus, soweit das Auge reichte.

Das Leben im Tal war in seine üblichen Bahnen eingeschwenkt, aus denen es Kirabs böser Zauber Monate zuvor gerissen hatte. Der Gnom selbst hatte sich zusammen mit seinen Kartoffelmonstern in Luft aufgelöst. Aber zumindest hatte keiner der Bewohner des Tals Schaden genommen. Die Handwerker hatten die Wand der Schmiede, die Florian und Hongar ungewollt verwüstet hatten, wieder aufgebaut, und sogar die Produktion der silbernen Kugeln war wiederaufgenommen worden.

Zwei Tage zuvor waren die Weisen zu ihrer Rückkehr in die Stadt des Lichts aufgebrochen. Ein langer, beschwerlicher Weg lag vor ihnen. Aber sie hatten versprochen, sich zu beeilen und Chris und Christina in der glitzernden Stadt am Meer über die schrecklichen Ereignisse in den Bergen des Nordens in Kenntnis zu setzen.

Florian, Hongar und Quassel hatten sich ihnen jedoch nicht angeschlossen. Sie wohnten im Dorf, das die Eltern der Eskimokinder unweit der Schmiede errichtet hatten. Aus Ästen und Zweigen, gegerbten Tierhäuten und Fellen hatten sie hüttenartige Verschläge aufgebaut, die den Familien einen ersten Schutz vor Wind und Wetter bieten würden.

Nursia und Nerus zogen mit Florian herum. Sie zeigten ihrem neuen Freund die verstecktesten Winkel des Tales und berichteten ihm vom Leben ihres Volkes in dieser unwirtlichen Region der Geisterwelt. Sie unterwiesen ihn im Fallenstellen; dabei brachten sie ihn auch an höhergelegene Orte, wo noch immer Schnee lag. Dort führten sie ihm vor, wie mühsam sie im Labyrinth Fallen in die gefrorene Erde gegraben hatten, um mit der Beute die anderen Kinder und sich selbst ernähren zu können.

Die beiden erzählten Florian aber auch die Sagen und Legenden der Eskimos. Darin ging es um ein Land weit im Norden hinter den Bergen: um ein Land, in dem der Herrscher des Bösen eine Burg bewohnte. Eine Burg, von der aus er immer wieder seine unheilbringenden Fühler in die südlicheren Teile der Geisterwelt ausstreckte.

Florian wiederum gab diese Geschichten an Hongar und Quassel weiter. Und sie erinnerten die Freunde daran, welch gefährliches Unternehmen ihnen noch bevorstand.

Denn daran, daß der Herrscher des Bösen höchstpersönlich für die neuerliche Entführung von Harald und Lisa verantwortlich war, konnte es wohl keinen Zweifel geben.

So würde es ein Kampf auf Leben und Tod sein, der ihnen im Land hinter den Bergen bevorstand. Wenn … ja, wenn sie ihre unglücklichen Kameraden erst einmal gefunden hatten.

Natürlich hätten sich Florian und die beiden anderen am liebsten sofort auf die Spuren der unheimlichen Wolke geheftet. Aber der Schmied hatte ihnen von diesem spontanen Vorhaben abgeraten.

»Der Weg über die Berge ist schwierig und sehr gefährlich«, hatte er gesagt, und bei jedem Wort hatte sich sein Seehundbart gesträubt. »So erschöpft, wie ihr jetzt seid, würdet ihr ihn nie und nimmer bewältigen!«

»Bleibt doch ein paar Tage bei uns«, hatte einer der Eskimos vorgeschlagen, »und ruht euch aus. Eure Chancen stehen dann sicherlich viel besser!«

So beließen es Florian, Hongar und Quassel vorerst dabei, sich jeden Abend an der Stelle zu treffen, an der die schwarze Wolke zusammen mit Lisa und Harald in den Berg gefahren war.

Wie ein geflecktes Raubkatzenauge aus Ruß und Schwefel kam ihnen der Fels dort vor.

Ein Auge, das das Tal überblickte.

Und das jeden Schritt überwachte, den seine Bewohner taten.

Die Freunde standen schweigend da, als Florian eines Abends plötzlich zu sprechen anhob.

»Der Herrscher des Bösen ...«, murmelte der Junge: »Er wartet auf uns. Ich hab' das im Gefühl ...«

Quassel sagte nichts. Er blickte Florian nur stumm aus seinen grünen Kulleraugen an. Doch er nickte ihm zustimmend zu, daß sämtliche Speckfalten seines kegelförmigen Körpers in einen wahren Schwabbeltanz versetzt wurden. Diese Schweigsamkeit war ungewöhnlich für Quassel. Aber nicht einmal er war jetzt zu Späßen aufgelegt.

»Ja«, meinte auch Hongar. »Er wartet auf uns. Er weiß, daß wir unseren Freunden folgen werden. Daß wir versuchen werden sie zu retten.«

»Und wann werden wir aufbrechen?«

Einige Zeit herrschte absolute Stille. Erwartungsvoll

waren Florians und Quassels Augen auf Hongar gerichtet. Es war offensichtlich, daß beide ihm in dem Abenteuer, das ihnen wohl unweigerlich bevorstand, die Führerrolle zuerkannt hatten. Schließlich räusperte sich der junge Hauptmann.

»Ich schätze«, sagte Hongar, »daß wir uns lange genug ausgeruht haben. Es wird eine Reise ins Ungewisse, aber ich denke, daß wir sie nicht länger hinausschieben sollten. Unsere Freunde rechnen mit unserer Hilfe!«

Die gelblichen Flecke am Fels schimmerten geheimnisvoll im Licht des untergehenden Geistermondes. Florian fixierte die schaurige Stelle, an der der Berg seine Freunde verschluckt hatte. Ihm war klar, daß er nicht so bald in seine Welt zurückkehren würde. Was als kurzer Besuch im Wirtshaus im Moor geplant war, war zur größten und gefährlichsten Bewährungsprobe geworden, die der Junge je in der Geisterwelt erlebt hatte.

Florian kam sich vor wie ein Forscher, der gerade den Eingang zu einer unterirdischen Grabkammer entdeckt hatte. Nun stand er an der schweren, steinernen Tür und versuchte, im flackernden Schein einer Fackel uralte Prophezeiungen zu entziffern, die vor Jahrtausenden in den Stein gemeißelt worden waren. Und dabei entging ihm, daß um ihn herum in den dunklen Schatten der Kammer steinerne Ungeheuer, die Wächter des Grabes, zu schaurigem Leben erwachten und bereits ihre Messer zu wetzen begannen.

Was hatte Hongar gesagt? »Es wird eine Reise ins Ungewisse!« Und damit hatte er wohl recht gehabt. Was würde sie in diesem geheimnisvollen Land hinter den Bergen erwarten? Welche Schrecken würden in der Burg, von der Nursia und Nerus erzählt hatten, auf sie lauern? Welche ekelhaften Listen und grausigen Tücken würde sich der Herrscher des Bösen für sie ausdenken?

Fragen über Fragen. Doch schon bald würden sie die Antworten darauf kennenlernen. Nur allzubald …

»Dann werden wir morgen aufbrechen?« fragte Florian mit belegter Stimme.

Hongar nickte. »Unsere Ausrüstung liegt längst bereit.« Seine Miene war düster, aber sein Ton hatte einen festen, einen entschlossenen Klang, als er bekräftigte: »Morgen geht's los!«

ENDE

Florians Abenteuer in der Geisterwelt gehen weiter im 11. Band der Reihe:
DAS GEHEIMNIS DES VERGESSENEN LANDES
macht er sich auf die Suche nach seinen entführten Freunden und kommt in ein Land, in dem niemand anderer als der Herrscher des Bösen regiert.

Bisher sind erschienen:

Band 1: Das Geheimnis der Geisterreiter
Band 2 Das Geheimnis der mechanischen Kinder
Band 3: Das Geheimnis der steinernen Teufel
Band 4: Das Geheimnis der Katzenmenschen
Band 5: Das Geheimnis der verdunkelten Sonne
Band 6: Das Geheimnis der sprechenden Delphine
Band 7: Das Geheimnis der fliegenden Schatten
Band 8: Das Geheimnis des strahlenden Monsters
Band 9: Das Geheimnis der Schwarzen Göttin
Band 10: Das Geheimnis des Eislabyrinths

In Vorbereitung:

Band 12: Das Geheimnis des verwunschenen Tunnels

Band 76 108
Peter Horn
Das Geheimnis der schwarzen G ttin
Originalausgabe

So konzentriert hat Florian selten nachgedacht. Es hatte aber auch noch nie so viel davon abgehangen, daß er seinen Verstand richtig einsetzt. Wenn es ihm nicht gelingen sollte, dieses Rätsel zu lösen, dann sind er und Lisa verloren. Dann gibt es kein Entrinnen mehr von der Hexeninsel!
Langsam beginnt Florian, die Kugeln zu einem Muster zu legen. Er wartet gespannt, die Ungewißheit ist kaum noch zu ertragen. Ob es wohl das richtige Muster ist?
Doch dann geschieht etwas, womit er nicht gerechnet hat – und Florian begreift, daß ihnen das Glück auch beim dritten, dem absolut letzten Versuch nicht hold gewesen ist...

BASTEI LÜBBE

Sie erhalten diesen Band im Buchhandel, bei Ihrem Zeitschriftenh ndler sowie im Bahnhofsbuchhandel.